# Memorias de un niño de derechas



Contemporánea
Narrativa

# FRANCISCO UMBRAL

# MEMORIAS DE UN NIÑO DE DERECHAS

Prólogo de Antonio Lucas

AUSTRAL

Planeta

fundación
Francisco Umbral


Avda. Diagonal, 662-664, 08034 Barcelona (España)
www.planetadelibros.com

Diseño de la colección: Compañía
Diseño de la cubierta: Austral / Área Editorial Grupo Planeta
Fotografía de la cubierta: © Hurston Hopkins / Picture Post / Hulton Archive / Getty Images
Primera edición en Austral: mayo de 2024

Depósito legal: B. 6.481-2024
ISBN: 978-84-08-28829-9
Composición: Realización Planeta
Impresión y encuadernación: QP Print
*Printed in Spain* - Impreso en España

## Biografía

Francisco Umbral (Madrid, 1932-2007) es uno de los escritores más brillantes de la literatura española desde los años sesenta. Cultivó la novela, el ensayo y el articulismo. Obtuvo los máximos galardones (Premio Nadal, de la Crítica, Príncipe de Asturias y Cervantes) a lo largo de una trayectoria prolífica y muy personal. *Las ninfas*, *La noche que llegué al Café Gijón*, *Trilogía de Madrid*, *Larra. Anatomía de un dandy*, *Un ser de lejanías* y *Mortal y rosa* muestran la pujanza de una mirada que renovó la prosa de los años sesenta y setenta. Reflejó la convulsión social y política de una España en ebullición en numerosos artículos en *El País* y *El Mundo*.

## Lo atroz de ser siempre otro

Entonces Francisco Umbral cumplía 40 años. Acumulaba 17 libros publicados: relatos, novelas, ensayos. También algún poema suelto en las páginas de *La Estafeta Literaria*. Mantenía firma habitual en periódicos y revistas. Estaba haciéndose el sitio en Madrid. Era 1972. En la escritura se volcaba de cuerpo entero, sin que importase demasiado el género. Igual el artículo que la narrativa. Umbral le ponía argumento a la vida escribiendo a destajo y describiéndose como quien pasa a la acción en cada frase. Porque eso era para este hombre estar en la literatura: tocarse por dentro, convertir la biografía en un comedero, en un bebedero, en la mina maciza de la que extraer algo para contar el presente a partir de lo que uno vive y ve, entre la autopsia y la calle.

Así se puso a escribir las primeras memorias que en verdad llamó de esa manera: *Memorias de un niño de derechas*, un tanto desafiante, un tanto cínico, un tanto sobrado. Desde ese momento abre un ciclo que no interrumpe más, aquel donde mira al niño y al adulto.

Donde el mayor interpreta al pequeño y cuenta aquello que recuerda desde los ojos del chico, infancia de Valladolid, ciudad nacional y con frío. Días de escuela, lagartijas sin rabo y «caralsol». El envés también de Madrid. Es el tiempo heroico de Iriondo, Venancio, Zarra, Panizo y Gaínza, la histórica delantera de los cromos que se cantaba de golpe. Tan años 50.

Umbral fue hijo de madre soltera en años difíciles para algo así. Hijo mimado y solo. Sobrino único. Nieto total. El nene protegido contra la intemperie que asestan los otros. El secreto guardado del padre ausente. El secreto, incluso, de quién es en verdad la madre joven. Con ese barro levanta su existencia. Entre rabia y desconcierto. Lo mismo que despliega en unas memorias que son, a la vez, la espeleología de época y el repaso a una generación, la suya, que atravesó la infancia apoyada en la dialéctica de ganadores y vencidos, en una ciudad dominada por el gobernador civil y los curas de sotana. El escritor que toma contorno en las páginas de *Memorias de un niño de derechas* espiga aprendiendo a mirar desde la contemplación pasiva y entusiasta del muchacho que no teme y al que nada le falta en la escasez. Estas páginas echan a andar en un primer estado de descubrimiento general, cuando aún las preguntas no pesan, cuando todas las heridas se remedan, cuando el pan negro, el queso naranja y la leche en polvo de la merienda. Tiempo de purga y silencio en Madrid/Valladolid.

La provincia es más que un territorio. La provincia es un estado de las cosas, un horizonte, una lanzadera a Madrid. Porque este libro desemboca en Madrid como sucede en todo lo de Umbral. Del niño a la capital. Del aflorar gamberro a la fascinación adulta por la ciudad de todas las ciudades. Por eso Umbral maneja las memorias no como un género, sino como una construcción de lo naciente, de lo por hacer, del destino. Tienen algo de cuenta pendiente. También un presentimiento de lo que era necesario hacer para escapar de cualquier convención literaria. Lo dice así en una entrevista publicada en septiembre de 1972, en *ABC*, y que firma Ramón Pedrós: «huir de todos los géneros, escribir a su margen, hacer sencillamente un libro. Cada día creo menos en los géneros, en su cantonalismo convencional. Soy un tránsfuga de ellos y creo que el escritor debe llegar un día a crear su propio género». Dicho así, con hambre de todo, Umbral alcanzó pronto la condición de escritor más allá de las parcelas del oficio. Ni novelista, ni ensayista, ni articulista únicamente... En verdad, escritor. El género es él mismo. Trabaja directamente con su vanidad y sobrado de estilo, con una ficción fabricada para sí. Utiliza sus propias vísceras como fuente de inspiración. Cuelga la vida en el tendedero y empieza a manejar las palabras con maña de prodigio para que todo el mundo se entere.

*Memorias de un niño de derechas* es el paleolítico de Francesillo. El prólogo de todo lo demás. Desde *El hijo de Greta Garbo* a *La noche que llegué al Café Gijón*; de *Días felices en Argüelles* a *Trilogía de Madrid*; de *Retrato de un joven malvado* a *La década roja*. En el remolino de su infancia y juventud encuentra algunas de las mejores corrientes de aire desde donde echarse después a trabajar. Y da media vuelta de campana a los datos en crudo de su existencia pobre en Valladolid para adornarse de burguesito mientras da cuenta del mundo pírrico de su familia, de sus años párvulos con frío por dentro y por fuera, y de la expedición desmesurada para escapar sin rodeos de aquel paisaje de poco dinero, vino, rabia, risa y miedo. Así se va confeccionando, mientras escribe, una imagen que a la vez destruirá en el libro próximo. Porque, al fin y al cabo, Umbral sabe que las memorias más excitantes son aquellas capaces de borrar las huellas según van dando el paso. Alcanzar eso sin caer por el precipicio exige una buena ración de talento.

Este libro de Umbral es importantísimo por el peso simbólico que trae. Una propuesta inaugural. El primer chasquido de la memoria entendida como ciclo literario, como alternativa a una realidad de la que nadie va a tener nunca más claves que las inventadas, las que toman la ficción por tintero y después hay que poner el folio a secar, como los pulpos, en el lugar más venteado, para que la carne esté en su punto. Francisco Umbral desanda en la literatura algunas heridas secretas inventándose la realidad cuando se movía por las calles aún sin caparazón, expuesto a todos los peligros de la infancia, que son los más feroces, los que dejan el surco más fuerte. Y desde ahí, mezclando el lirismo con la mordacidad, lo poético con lo sarcástico, los daños con el gozo, sale su mercancía. La fórmula mágica viene de esa intersección, del cruce de caminos entre el siglo de oro y la burla de clase. Más allá del adjetivo melódico está la frase cabrona, el desnudo integral, el impudor de usar los propios menudillos como coartada. Que sí, que *Memorias de un niño de derechas* aún es un desafío ingenuo, pero ya alberga la maldad de quien se disimula y el estraperlo sentimental del que se prefiere otro y se decide a escribir para vengarse.

Madrid es la neura y Madrid es la casa. Madrid es paraíso y Valladolid su envés de purga, su chivo expiatorio. Umbral es en este libro, como en tantos, arbitrario e incisivo. Incluso superficial y despreocupado, agarradísimo al fondo serio de una literatura que se muestra en broma y en la preocupación de estilo. Aquel niño de derechas, converso y equívoco, es un adulto desengañado y de izquierdas, de estupendo desenfado, narrando su experiencia a todo gas con taquigrafía valerosa, con vigor testimonial extravagante, independiente, astuto.

Con los materiales de su invención, que van a dar a la mar, como los ríos de Manrique, Francisco Umbral pone en pie otra capa más de su obra en *Memorias de un niño de derechas*. Nadie llega a estas páginas para aprender a distinguir una mentira de una verdad, igual que no se va a Faulkner para un asunto así; o no se lee a Proust para tal emergencia. Entrar más adentro en la espesura de este escritor obliga a entender que hay escritores que se hacen la hoguera, cada día, con los húmeros y, jamás como hoy, han vuelto, con todo su camino, a verse solos. Porque amortizan la fiebre de escribir mientras se están haciendo otro. Exactamente a lo Rimbaud. Precisamente a lo Umbral, niño de derechas tan precoz. Tan bien dibujado y anunciado. Tan infinito. Tan mentido. Tan escritor.

Antonio Lucas

# MEMORIAS DE UN NIÑO DE DERECHAS

*A los desvencijados niños de la guerra,*
*que comieron conmigo*
*el pan negro de salvados*
*y la tajada del miedo*

¿Qué sería de los niños sin la desobediencia?

JEAN COCTEAU

En los baúles profundos de nuestras casas, peludos y claveteados como un Arca de Noé forrada con la piel del camello y la camella que entraron, vivieron y se salvaron dentro del Arca, estaba la historia de los felices veinte y de los inquietos y germinales años treinta, revistas de la época, *Crónica*, *Estampa*, *Blanco y Negro*, cosas que habían coleccionado nuestras madres entre sus pamelas del último sarao y de la última visita del rey a la ciudad.

Parece que los inquietos, germinales y revueltos años treinta, en que nosotros nacimos, fueron los de los primeros gritos fascistas en Europa, y la gente se lo pasó viendo jugar al tenis a Lilí Álvarez, levantando la cabeza, con penosa torsión del cuello, para ver si venía o no venía por el cielo el Gran Zeppelin, o el Plus Ultra con Ruiz de Alda y Franco, dándole guerra al Negus, al pobre Negus, apostando por Paulino Uzcudun o por Max Schmeling, poniéndose en pie con las paradas de Ricardo Zamora, que ponía en pie a un muerto, aplaudiendo al Racing o al Sporting, comprándose chaquetas lo más parecidas posible a las del príncipe de Gales, veraneando en San Sebastián, leyendo ensayos sexuales del doctor Marañón, viendo *El Danubio Azul*, una película llena de plata y zafir, como el propio Danubio, dándole olés a Domingo Ortega y comiendo cabello de ángel, que era una cosa que comían mucho los exquisitos de entreguerras.

La primera imagen que nosotros tuvimos del mundo, en nuestros sarampiones infantiles y eruditos, fue la de aquellas revistas amarillecidas por las que supimos que míster Eden era el político más elegante del mundo y del Reino Unido, lo que no obstaba para que los caricaturistas internacionales le dibujasen con una minifalda de plátanos como la de Josefina Baker, que por entonces aún no recogía niños impares y que bailaba desnuda, con el cráneo pelado, para meterles un poco de selva y cachondeo a los decadentismos de boquilla de la última —esta vez sí que sí— y sofisticada bella época. En aquellos periódicos del baúl firmaban Felipe Sassone, un señor de monóculo y melena blanca y capa española (pero que no era español, como su apellido indica) y que me parece que estaba casado con doña María Palou; Spottorno y Topete, que hacía en el *Blanco y Negro* las crónicas mundanas de las niñas jamón y los niños jamón de la época, todos con sus pantalones bombachos, sus raquetas en la mano, sus minifaldas plisadas y sus dijes; y también firmaban, digo, Vicente Sánchez-Ocaña, que era redactor jefe de *Estampa* y hacía muchos reportajes en la revista, reportajes ilustrados con dibujos, algunos (cosa que hoy parece arqueológica), o aquella sección titulada «El escritor mientras hace su obra», donde salían los hermanos Quintero retratados, paseando por Madrid, tomando café o escribiendo en su despacho de hacer metáforas andaluzas.

Los actores de teatro, por entonces, no tenían que

estudiar a Stanislawsky ni a Grotowsky. Les bastaba con poner un poco de acento andaluz y en seguida les contrataban los Quintero para un pasillo o un entremés. Hitler y Mussolini, mientras los hermanos Álvarez Quintero rimaban *Amores y amoríos*, se estaban poniendo las botas. Era un jardín sonriente, era una tranquila fuente de cristal, y era a su borde asomada una rosa inmaculada, de un rosal. ¿Quién te quiere, quién te llama por tu bien o por tu mal, quién te llevó de la rama, que no estás en tu rosal? Blanca estrella que del cielo, envidiosa al ver el suelo, resbaló, y a la que una mariposa, de mancharla temerosa, no llegó.

Y así un día y otro día, entre espinas y entre flores, el jardinero plañía imaginando dolores, desde aquel en que a la fuente un caballero llegó y a la rosa, dulcemente, de su tallo separó. Hitler le había dicho, o le iba a decir a Guillermina de Holanda que, abriendo sus canales, le iba a inundar las partes bajas. Todo estaba en el baúl de mamá y de las tías. Los viajes del rey, la boda de la chica, el estreno de la semana, *Agua, azucarillos y aguardiente*, y los chistes de Sileno sobre la dictadura del general Primo de Rivera.

El sarampión, la escarlatina, las paperas y la amigdalitis son los sucesivos cursos de Historia de España que el párvulo va siguiendo por su cuenta, en las revistas amarillas (se pondrá amarillo el tiempo sobre mi fotografía, Miguel Hernández) y en los libros robados a la biblioteca familiar, «Eróticos y sentimentales», con una cubierta carnosa, barroca, y unos alejandrinos blancos que no nos decían nada. Los chicos del 27 andaban ya con Góngora y el surrealismo, Gerardo era catedrático en algún instituto de provincia, pero el sexo seguía rigiéndose por el modernismo rubeniano que Salvador Rueda llevó a sus apoteosis andaluzas y toreras.

El baúl era el Arca de Noé aparcada en el cuarto ropero. El baúl era el camello del Arca que había tomado forma de baúl de estar cuarenta días y cuarenta noches entre cuatro tablas. De América venían películas de Charlot y gramófonos, de Europa venían antorchas, resplandores de antorcha mussoliniana, himnos nazis, lluvias inglesas y canciones de Chevalier, que era el único europeo que tenía un canotier personal, inconfundible, en la inmensa asamblea de los canotiers que era entonces el Viejo Mundo. Los obreros españoles comían más bien poco.

El baúl de las cosas viejas era algo así como el sepulcro del Cid, y antes de que Costa, el león de Graus, le echase las siete llaves, nosotros sacábamos del baúl revistas con señoritas semidesnudas, *Estampa*, semanarios de cine en sepia y azul (el blanco y negro era una ordinariez de diario socialista y el color era un sueño del ciudadano Kane) y veíamos a aquellas mujeres cubiertas con un mantón de Manila o una sombrilla, y aprendíamos, sin haber leído a Mallarmé, que «la carne es triste y he leído todos los libros».

También había en los baúles ropas y disfraces, verdura de las eras, aquellas ropas chapadas, qué se hicieron, y por toda aquella indumentaria marchita comprendíamos que el mundo de nuestros padres había sido un continuo y alegre carnaval, todo el año es carnaval, pero Larra aún no lo había dicho (lo había dicho, pero nosotros no lo habíamos leído, que era como si no lo hubiese dicho), Alexis Carrel, la incógnita del hombre,

Oswald Spengler, *La decadencia de Occidente*, libros pesimistas, el pesimismo como coartada para bailar charlestón, mirarle los muslitos a la Betty Boo y beberse tres bocks de cerveza seguidos a despecho de la Ley Seca. En los cuentos de Guy de Maupassant, que luego nos gustarían tanto, la gente también tomaba muchos bocks de cerveza, y el protagonista le miraba lo que podía a una damisela, a bordo de una barca dominical, pero nosotros creíamos en el mundo, en la cultura, en Maupassant, Spengler y Carrel, creíamos incluso en la cerveza, que nos mareaba muchísimo. Estábamos descubriendo esa cosa tan fascista de que el mundo está bien hecho. Detrás de Maupassant vino Alfonso Daudet, *Cartas desde mi molino*, Jack, un Dickens francés que escribía mejor que Dickens, porque los franceses siempre han escrito mejor que los ingleses, con perdón.

¿Qué más había dentro de los baúles familiares? Zapatos viejos, alas de pamela, botones forrados, trapo, porque entonces, en las casas, no se tiraba nada. Ahora hemos llegado, tantos años después, a eso que alguien llama la civilización del desperdicio, pero en los años treinta regía la civilización del baúl-mundo, del cuarto ropero, y todo había que guardarlo, por si acaso. Ignacio Sánchez Mejías había muerto en una plaza de pueblo, Manzanares, y Joselito había muerto en otra plaza de pueblo, Talavera. Ahora, en Manzanares, los italianos hacen westerns-spaghetti, y en Talavera ha nacido un poeta que se llama Rafael Morales, y que quizá estaba haciendo versos desde los tiempos de la cogida, desde antes de nacer. Pensamientos de muerte edificados, ha llamado él a los cuernos del toro, y a Joselito, en

Talavera, al costado de la loza ilustre, le metieron un pensamiento de muerte edificado que se lo llevó al cielo corinto y oro de los toreros. España lloraba aquellos lutos cuando nosotros vinimos al mundo. España siempre llora a un torero, a un general o a un político. España es viuda de varios grandes toreros, de varios grandes tribunos, de varios grandes de España.

Ortega daba mítines en los cines, pero nosotros aún no íbamos al cine ni leíamos a Ortega. El mundo vivía la rebelión de las masas y los niños de la preguerra, de la guerra, de la posguerra, no sabíamos que España es una cosa invertebrada, como ciertos animales. Ortega escribía sobre la redención de las provincias, y nosotros, en nuestras provincias, permanecíamos irredentos, viendo milagros todos los días, porque los milagros siempre pasan en provincias, y poniéndonos jerséis de Auxilio Social, unos jerséis a rombos negros y marrones, iguales como los de los excursionistas de unos años antes, sólo que en borra.

Cuando vinieron mal dadas, hubo que abrir el baúl de los cadáveres periodísticos e ir vendiendo las viejas colecciones como papelote, en las chamarilerías, al peso, y de eso fuimos viviendo en la posguerra, así como del estraperlo del pan blanco, el pan negro y el pan cuarterón. Nuestras madres y nuestras tías habían cantado zarzuela, tangos y milongas. Nosotros no teníamos nada que cantar.

Pero la guerra trajo el *Cara al Sol*. Cara al sol con la camisa nueva que tú bordaste en rojo ayer, me hallará la muerte si me llega y no te vuelvo a ver. De todos modos, algunos niños aprendimos primero *Ramona*,

Ramona como una dulce aparición, Ramona, entraste tú en mi corazón, que es una pieza dulce y bailona que todavía se escucha hoy, casi medio siglo más tarde, en arreglos y orquestaciones pretenciosos, porque los músicos comerciales, como los filósofos, viven de orquestar lo que han hecho otros. Los fondos del baúl no se acababan nunca. Estuvimos mucho tiempo sacando de allí paquetes de revistas, y primero fue el *Estampa*, que era un semanario muy hermoso, y luego el *Blanco y Negro*, que daba más pena desprenderse de él, porque traía un *couché* muy brillante y unas portadas de Penagos muy modernas. Finalmente hubo que atreverse con *Crónica* y otras cosas así, más atrevidillas, cuasipornográficas, aun a riesgo de que las gentes austeras de la zona nacional y de la posguerra nos incautasen por vender carne humana a peso, señoritas livianas de cuando la República. Entonces todavía no se decía pornocultura, de modo que no teníamos coartada para nuestro tráfico de blancas, pero las revistas fueron saliendo y con el dinero del chamarilero iban a la plaza, a la compra, las viudas de guerra, las abuelas.

El baúl-mundo fue nuestra madre nutricia, nos dio todo el saber y toda la historia inmediatamente anterior, y luego nos daría de comer mediante la venta de sus tesoros. Cuando muera, uno quisiera ser enterrado, mejor que en uno de esos ataúdes industriales, en un baúl familiar, para estar ya siempre entre las ropas, los olores, los periódicos y los zapatos viejos de la familia, de las mujeres de la familia.

Para los niños de la zona nacional, que éramos los verdaderos niños (los otros, los de zona roja, debían ser unos pequeños endriagos inconfesos) la guerra fue, antes que nada, la presencia de los moros y los regulares.

Los regulares no nos gustaban mucho, con sus caftanes y sus uniformes barquillo, como soldados descoloridos (quizá por eso les llamaban regulares). A los regulares les veíamos pasar en camiones, viniendo de Capitanía General, y un camión lleno de hombres siempre es una cosa siniestra. Los moros, más exóticos, nos eran, por eso mismo, más familiares, y todos tenían algo del moro Muza, con su turbante, su barba, sus enormes bragas y su color oscuro. También eran un poco como los Reyes Magos, como el negro sobre todo, naturalmente, y aparecían en los anocheceres preguntándonos a los niños por las casas de mujeres, aquel barrio de meretrices y lagartos.

Los moros nos daban un poco de miedo, pero eran pacíficos y sólo querían encontrar una señorita blanca, muy blanca, de aquéllas del barrio de las meretrices. *Meretriz*, qué palabra, la aprendimos luego, porque, por entonces, aquellas mujeres aún no tenían nombre para nosotros, y por eso eran más irreales y puras. De pronto tuvieron un nombre feo y corto como un estampido, pero la palabra *meretriz* era otra cosa, y el día en que supimos decir meretriz nos pareció haber entrado, por fin, en el secreto de la feminidad, en el secreto de aquellas mujeres, en su intimidad de cuerpo y de alma.

La palabra *meretriz* tiene en sí una matriz. Suena a matriz y a emperatriz. La matriz de la emperatriz, las emperatrices de la matriz. Eso era para nosotros aquella palabra, pero los moros decían solamente las casas de mujeres, con su hablar oscuro y lento. Nos dejaban una moneda de diez céntimos en la mano, una moneda de cobre, plana y ancha, que era como un redondel de la propia mano del moro, con el mismo color y la misma temperatura. La guerra eran los moros, sí, y en las enciclopedias escolares dicen los romances guerreros que el fusil me lo da Franco y con el fusil su palabra, versos de don Agustín de Foxá, conde de Foxá, leyenda del César Visionario, con Franco a caballo, dibujo en contratipo, fotografía quemada (diríamos luego en el argot periodístico) como las que pusieron por las calles de la ciudad, en las paredes, Franco con casco, José Antonio muy peinado, Onésimo Redondo, el caudillo agrario de Castilla, un poco parecido a José Antonio.

Mis libros de El Escorial y mis custodias sagradas, seguía el romance de Foxá, y eso era la guerra, había que defender los libros de El Escorial y las custodias sagradas. También vinieron los italianos, que no iban nunca por nuestro barrio, en grupo, como los moros, a preguntar por las casas de mujeres, sino que se metían en las exquisitas confiterías de la ciudad, El Horno Francés, El Buen Gusto, Dulcinea, a comer dulces, la especialidad de la casa, unos pasteles muy fresquitos, refrescados en las corrientes y la penumbra de la tienda, «hay que tenerlo todo muy ventilado, que los dulces se estropean en seguida». Los italianos sólo iban al barrio de las mujeres aquellas, a cantar tarantelas, pero lo suyo era el trabajo solitario, de uno en uno, de casa en casa, el cuerpo a cuerpo del amor, una novia, una amante, que la viuda de don Simplón sale con un italiano.

Los italianos se hacían novios de las solteras y de las casadas, de las mujeres que tenían al hombre en el frente, y a lo mejor nacía un hijo de aquel noviazgo, y luego, en la posguerra, se decía de algunos chicos: «ése es el hijo del italiano», «una barra de pan para el hijo del italiano». Los alemanes también estuvieron en nuestra guerra, según los historiadores que hemos consultado luego, Hugh Thomas y otros, pero a los alemanes, nosotros no los vimos nunca, ésa es la verdad, digan lo que digan los historiadores.

A lo mejor, lo que pasa es que los alemanes no iban a ver a las meretrices ni iban a las confiterías a atracarse de pasteles, ni se hacían novios de las señoritas bien de la ciudad. Los alemanes, a lo mejor, estaban en el frente. Yo tenía un camarada, qué bonita canción, yo tenía un camarada, hay algo parecido en *Poemas de la Falange Eterna*, de Federico de Urrutia, un libro rojo y negro, como la bandera de Falange, con unas palabras de José Antonio Primo de Rivera, a los pueblos nunca les han movido más que los poetas, y ay del que levanta frente a la poesía que..., etc.

Tendamos nuestras miradas, como líneas sin peso y sin volumen, hacia el ámbito puro donde cantan los números su canción exacta. Esto es también de un texto de José Antonio, y aunque dicen que estaba influido por Ortega, lo que nosotros, hoy, vemos aquí, es a la generación del 27, la poesía pura, Jorge Guillén. Jorge Guillén, sí, un republicano, un gran poeta, un exiliado, un señor del que se decía en la ciudad que le habían dado aceite de ricino y le habían cortado el pelo. Nunca se sabe. Eso de la canción exacta de los números estaba en el aire de la época, era Paul Valéry.

Los moros, los regulares, los alemanes, los italianos y los falangistas. Militares habíamos visto toda la vida los niños de la guerra, pero todo lo demás no lo habíamos visto nunca, y nos gustaba mucho. Para un niño de derechas, la guerra, en la zona nacional, eran las sirenas, los aviones, la bomba en la estación, los refugios antiaéreos, los pacos en los tejados (rojos de las alturas que desde allí disparaban a la gente, rojos de chimenea que no se sabía por dónde habían llegado) y los discursos de la radio.

La radio, aquel mueble pequeño, de madera oscura y tallada, con una ventanita de tela que nunca se abría, tenía unos botones gordos y un ojo mágico, rojo, que era el ojo de la guerra, el ojo que nos miraba toda la noche, el Polifemo de la guerra, la pupila ensangrentada y la voz y los nombres tremendos, Mola, Franco, Largo Caballero, Azaña, Varela, Negrín, La Pasionaria, El Campesino, Líster, Gil-Robles, Yagüe, Moscardó. La batalla del Ebro, Brunete, la toma de Madrid, no pasarán, no pasarán, la tumba del fascismo, las voces cercanas y enérgicas de los nacionales, sus músicas, sus himnos, sus canciones, y la voz de los otros, de los rojos, como más lejana y perdida, como sonando entre montes, la guerra estaba ganada.

Los legionarios. También pasaron por nuestra ciudad los legionarios, con sus uniformes verdes, sus pechos de cobre, sus tatuajes, sus medallas, sus gorros ladeados, sus puñales. Cuando sonaba la bocina, bajábamos al refugio, bodegas de la ciudad, escaleras de piedra, catacumbas de antiguos conventos, quién sabe, pasadizos, pozos secretos, y allí, entre el frío, la humedad y el vaho triste de la entraña apagada de la tierra, se rezaban largos rosarios colectivos, se lloraba, jugaban los niños, suspiraban las mujeres, fumaban los hombres, o no fumaban, y era todo como un velatorio sin muerto, y la gente del duelo se había metido allí, en el panteón bajo tierra, a rezar y llorar, y el muerto no se sabía dónde estaba, quizá apareciese al día siguiente, asesinado en una esquina, muerto en un tejado, en la cama del hospital militar, fusilado al amanecer, junto a las tapias del cementerio. Los niños íbamos de la escuela al refugio y del refugio a la escuela. Pero nunca pensamos en morir.

Sólo los niños de la guerra, en la zona nacional, hemos creído de verdad en los Reyes Magos, en el rey Baltasar, el negro, porque hemos visto al moro delante de nosotros, y sólo nos ha dejado en la mano una moneda de cobre, una oscura y cálida moneda de diez céntimos.

Las madrinas de guerra eran unas señoritas que se ponían de madrinas con un soldado o un falangista y le enviaban al frente paquetes, mantas, legumbres, periódicos con noticias de lo que pasaba en el frente (cosa a todas luces redundante) postales, estampas, rosarios, rollos de gasa y rizos de pelo.

La madrina de guerra y su amadrinado no siempre se conocían. A veces se conocían por fotos. Y, desde luego, no iban a volver a verse nunca, porque a él le iban a matar en el frente, y si no le mataban, a lo mejor se casaba con otra, a la vuelta, o se iba a otra guerra, por el mundo, y tenía otra madrina, como los que se fueron, más tarde, a la División Azul. Se ponían de madrinas de guerra las señoritas que preferían esto a ser enfermeras. La enfermera iba a la primera línea, era mujer de vanguardia, y volvían todas del frente impolutas, con la cofia muy blanca y almidonada, un poco más demacradas, eso sí, con la guerra pintada en sus bellos ojos.

Las madrinas de guerra, señoritas más quietas y pudendas, criticaban mucho a las enfermeras y decían que eran unas frescas. Encarnita se ha ido al frente, a un hospital de sangre, vaya usted a saber. Eso, vaya usted a saber, porque a los enfermos había que hacérselo todo y verles desnudos. ¿Ver a un hombre desnudo? Por nada del mundo, aunque fuera mi propio marido, el padre de mis hijos.

—Mujer, es para ayudar a ganar la guerra.

Pero cualquiera sabía qué orgías de besos y metralla habían vivido las enfermeras en el frente. Lo de la madrina de guerra era otra cosa, no sólo un platonismo del amor, sino también un platonismo de la guerra.

Entre un hombre y una mujer tiene que haber siempre algo en peligro. En lugar del amor y el sexo, ellas habían preferido la guerra, que también es un peligro de los cuerpos, y llegaban a estados místicos con cada postal del frente, que siempre podía ser la última, de modo que vivían toda la intensidad de una relación sin llegar a mancharse nunca con aquello que san Buenaventura llamó «el licor del cuerpo». Luego hemos leído en Heidegger que el hombre es un ser de lejanías, y esto se cumplía bien en las madrinas de guerra, que preferían el amor platónico del frente al amor inmediato, carnal y pastelero del italiano. Pero una madrina de guerra, es claro, nunca revestía el prestigio dramático de una enfermera, a no ser que le matasen en la guerra a su amadrinado, cosa que a veces ocurría, si se tenía un poco de paciencia.

La enfermera traía ya consigo el misterio, la demacración y la libertad de la guerra, y en casa la miraban las visitas a la luz de la plata del comedor y de las vajillas, como si viniese de la prostitución, del Purgatorio o de algún sitio peor. La enfermera era una Julia Sforza, una Médicis, una amazona, y la madrina de guerra se quedaba en Penélope, que fue la madrina de guerra de Ulises, la primera madrina de la historia, porque ocurría que esto de la madrina de guerra ya lo habían inventado los griegos, como casi todo. Las madrinas de guerra, en la zona nacional, tejían y destejían bufandas de lana para sus amadrinados, sin una idea muy clara de lo que era el frente ni el frío en el frente, como si se tratase, no de unos hombres que se estaban jugando la vida, sino de unos párvulos que habían ido de excursión a la montaña y podían desabrigarse. El Ulises de camisa azul o alferecía provisional no iba a ponerse nunca la bufanda, ésa era la verdad, pero a ellas tampoco les importaba demasiado.

Cuando volvían del frente, las enfermeras iban a los cafés de la retaguardia. Los niños de derechas vimos la guerra en los cafés de la retaguardia.

Capotones militares, pamelas, gorros ladeados, bebidas rojas, como una tranquila evocación de la sangre guerrera, caras famosas, de los periódicos, algún orador que venía del frente, de hablar a los soldados, y la cofia volandera de las enfermeras, y los heridos, el bigotillo, la muleta, el brazo en cabestrillo, un hospital, en pie tomando café, fumando tabaco extranjero, jugando a los dados.

Eran aquellos cafés de la retaguardia, en provincias, zona nacional, la paz, la seguridad, hacía tiempo que no se oían por allí las sirenas ni los aviones, y los héroes de la guerra se sentaban en un sitio bien visible del café, leva de semidioses, con la frente vendada, aquellos bocetos informes que en seguida encarnaría el cine, con su poder de síntesis y plasticidad, en Alfredo Mayo.

Las señoritas de la ciudad acudían a tomar el aperitivo con aquellos héroes nacionales, y quién sabe si alguna madrina de guerra traicionaba momentáneamente a su amadrinado con un idilio furtivo bajo la pamela abrumada de frutas. Las enfermeras estaban, realmente, en inferioridad de condiciones, pues si bien tenían con los excombatientes la familiaridad del frente, a ellos les refrescaba mejor la frente herida y febril aquella carne blanca y rezadora de las señoritas de la retaguardia, que se habían pasado la guerra metidas en su casa, tejiendo y destejiendo.

A algunos señores importantes de la ciudad les habían dado el paseo, ellos sabrían por qué, y al alcalde republicano lo buscaron en su despacho, en su casa, en todas partes, hasta dar con él. Pero, en general, la gente de siempre estaba en los sitios de siempre, por la calle principal había besalamanos y sombrerazos.

Nadie hacía la excursión macabra a las tapias del cementerio, para ver si alguien había sido fusilado aquella madrugada, pero esto acababa sabiéndose y los rostros tenían una momentánea crispación, como si desde el lejanísimo camposanto llegase el olor del muerto sin enterrar. Cuando los soldados o los falangistas volvían de la guerra, les gustaba mucho ir a las verbenas a montar en los autos eléctricos, si es que todavía les quedaba algún hueso por romperse, y allí podía admirar la gente su bravura en una versión menor, verbenera e incruenta. Los periódicos venían llenos de fotografías, chistes, noticias y mapas de la guerra, y lo que no se comprende muy bien es cómo siguen saliendo periódicos en épocas de paz, pues habiendo visto un periódico de guerra es como se da uno cuenta de que la prensa más trepidante y actual está tirada en un tanque, no en una rotativa. La prensa diaria, sin duda, es una inercia de la guerra que se prolonga en tiempo de paz.

También habían hecho carteles, como para anunciar la guerra, con cascos, palomas, fusiles, laureles, alambradas, cruces y banderas. Las enfermeras y los heridos tenían, sobre su prestigio guerrero, esa condición momentánea de ir a marcharse otra vez, en seguida, a la guerra, de modo que toda la ciudad iba pasando, cautamente, por el café guerrero, como si echasen una miradita al frente.

A nosotros, niños de la guerra, que las mirábamos desde abajo, seguían gustándonos más que las enfermeras, a pesar de todo, las señoritas de todos los días, las mujeres de la retaguardia. A las enfermeras les encontrábamos un algo viriloide y pasajero. Además, parecía siempre que nos iban a poner su inyección. Las madrinas de guerra, las mujeres de retaguardia, las señoritas de la ciudad, amigas de nuestras madres y nuestras tías, tenían un reposo, un asiento, como una nata de quietud en la carne que, recién salidos de la lactancia, era un nuevo paraíso para nuestra virilidad mínima y asustada.

Los pacos estaban en los tejados. Los pacos eran rojos que habían llegado volando por el cielo, como cigüeñas, nadie sabía de qué manera, y habían hecho nido en un tejado, tal la cigüeña, y desde allí disparaban a la gente, de vez en cuando, el crotorar de su pistola.

En la torre de la iglesia estaba el nido de la cigüeña. En el tejado del palacio de la señora marquesa estaba el paco, y el nido del paco. Cuando José Antonio estuvo en la ciudad, a dar un mitin, antes de la guerra, decían que los pacos le habían disparado desde los tejados. ¿Cuándo habían venido los pacos, entonces?

A los niños nos gustaban los pacos, les encontrábamos una cosa de aventura solitaria que tenía para nosotros, para algunos de nosotros, más misterio que la fanfarria y el protocolo público que veíamos en torno. En mitad de la zona nacional, un paco en un tejado, comiendo de lo que le traían los pájaros del cielo, orinando en un pie, quizá, como la cigüeña, era un hombre solo con una pistola, y esto nos hechizaba a los niños de la guerra.

El paco puede que fuera el portero o el carpintero de los bajos de la casa, que un día lo había dejado todo allá abajo y se había subido al tejado a tirar tiros. ¿De qué comía, de qué vivía, qué diablos hacía allí? Nos pasamos toda la guerra sin ver un paco, pero muy de tarde en tarde sonaba su tiroteo en un barrio de la ciudad.

¿Y por qué les llamaban pacos?

En chistes, en fotos, en alguna película, los niños habíamos visto la zona roja como un sitio hirviente y confuso donde unos cuantos ministros estaban todo el día comiendo abundantemente en largas mesas (todavía recuerdo cómo la comida se les caía de la boca) en tanto que el pueblo, los milicianos, los campesinos, los pacos, subidos en los tejados de las iglesias, qué profanación, tiraban tiros a los aviones nacionales con unos fusiles viejos.

Algunos niños pensábamos que los rojos no podían ser tan malos y tan tontos, y lo que no comprendíamos, sobre todo, era por qué los nacionales, con tantos aviones y tantos barcos, no se llegaban a Madrid, en uno de sus grandes transatlánticos, y acababan de una maldita vez con todos los rojos, que eran los que tenían la culpa de que comiésemos pan negro, de salvados, azúcar también de color oscuro, hormigueante, y naranjas picadas.

La geografía que nosotros aprendimos fue una geografía en llamas. Así, Madrid, Barcelona y Valencia, por ejemplo, eran unas ciudades donde los rojos se obstinaban en su rojez, todos en zapatillas, matando gente y organizando bailes en las iglesias. Por el contrario, Burgos, Salamanca, Valladolid y otras ciudades así, vivían en paz, la gente a su trabajo, los curas perdonando a todo el mundo y los de arriba en la tertulia del Casino, dándose noticias unos a otros sobre lo que pasaba en el frente. Los señores del Casino, que estaban tan bien informados, detrás de las grandes cristaleras, en sus sillones, tomando café, leyendo el periódico, mirando para nosotros sin vernos, cuando les mirábamos desde la calle, eran los que tenían el secreto de todo, y cuando ellos estaban tan tranquilos, por algo sería. No había más que verles.

Ellos eran la garantía de que todo iba bien y de que íbamos a ganar la guerra. Ellos no podían engañarse, y allí estaban con sus botines, sus guantes, sus cuellos duros y sus sombreros.

—Se ha dicho esta mañana en el Casino que lo de Brunete está hecho.

Y lo de Brunete estaba hecho.

—Anoche dijeron en el Casino que Madrid caerá para enero.

Y a los dos días venía la misma cosa en el periódico. Que Madrid iba a caer para enero. De modo que al Casino llegaban las noticias antes que a ningún sitio, o quizá nacían en el propio Casino, y luego los generales se encargarían de hacerlas realidad.

Nos fascinaban a los niños de derechas los billetes y las cerillas de la zona roja. Alguna rara vez vimos un billete que decían de la República, o una caja de cerillas con la bandera republicana, morada. Esto quería decir que había otro mundo, otra España, otra gente que usaba otro dinero, otras cerillas y otra bandera Alguna noche, por la radio, las canciones del otro lado, que nos eran a la vez familiares y extrañas.

La gente tenía algún pariente en zona roja, y si un

día recibían noticias de él por alguien que se había pasado, venían a casa llorando: «¡Está vivo, está vivo!». En todas las bandas de chicos había algún flecha, que tenía camisa azul, siempre remangada, incluso en invierno, un cinturón negro, ancho, con unas flechas en la hebilla plateada, e incluso, quizá, un machete. Aquello, a los otros chicos, nos daba no sabíamos si miedo, envidia o qué. Nosotros no éramos flechas ni echábamos de menos el no serlo, pero el flecha era siempre el flecha, de alguna manera el jefe de la banda, el que se atrevía a más cosas, el que forzaba su brazo asténico hasta obtener un bíceps.

Pero la verdad es que los chicos no reproducíamos en nuestras canteas, en nuestras guerras, la guerra de verdad, y seguíamos librando esa batalla intemporal, eterna, interminable, que libran los niños de todos los tiempos, a media tarde, y teníamos más de íberos contra celtas, de fenicios contra griegos, de griegos contra cartagineses, que de nacionales contra rojos o de rojos contra nacionales.

Los señores del Casino habían dicho que íbamos a ganar la guerra y efectivamente la ganamos, un día, y la gente andaba como más contenta por la calle, y muchas personas lloraban, y las mujeres lloraban y reían a la vez. Decían que los nacionales que estaban escondidos en sus madrigueras habían salido de los escondrijos, a la entrada de las tropas de Franco en Madrid, y se habían dado fuertes abrazos unos a otros, sin conocerse, y esto de los abrazos entre hombres, que sólo habíamos visto en la familia en ocasiones muy dramáticas o definitivas, en duelos o viajes, no dejaba de impresionarnos a los niños. Un día estuvo Franco en la ciudad, y nos llevaron de la mano a ver el desfile, y por la tarde al cine, a ver *Morena*

*Clara*, que era estreno, y entonces fue cuando tuvimos sensación de victoria, de triunfo al sol. Pero ¿qué habría sido de los pacos?

Por lo demás, la paz no fue mejor que la guerra, sino que en la posguerra empezamos realmente a pasar frío, hambre, y teníamos que ir a la cola del pan, a la cola de la leche, a la cola del aceite, a la cola de los huevos, a todas las colas adonde nos mandaban nuestras madres. El recuerdo de la posguerra es el de un largo invierno de varios años, y sin duda debió de nevar mucho.

Estábamos horas y horas en la cola, entre las personas mayores, pisando nieve, y pasaban los coches con gasógeno, aquella especie de baúl a la espalda, y empezaba a cantarse Chaparrita la divina, la que va por las mañanas al templo para rezar, ella también gime y llora y el llanto la decolora pero se vuelve a pintar.

Otra canción que se cantaba mucho por entonces era la de Villagarcía, esta mañana temprano cogí mi caballo y me fui a pasear, tuve que pasar la ría de Villagarcía que es puerto de mar, y yo te daré, te daré niña hermosa, te daré una cosa, una cosa que yo sólo sé, café.

Pero decir café al final de la canción era de rojos, porque el café andaba muy escaso y estraperlado. O aquello de el que tenga un jamón que lo cuide que lo cuide, no sea que venga Abastos y lo requise y lo requise. Había que decir el que tenga un amor, que era más fino, y lo del jamón también resultaba cosa de rojos, porque tampoco había jamón por parte alguna.

Se cantaba asimismo *Ana María la fea*, y sobre todo en Sevilla hay una casa y en la casa una ventana, y en la ventana una niña, que en el río se miraba, por la noche con la luna en el río se miraba, vino a buscarla su novio y no estaba en la ventana, ayayayay cómo se la lleva el río, ayayayay, niña de mi corazón, con razón tenía celos de él, matarile, rile, rile ron.

A Federico García Lorca lo habían matado en Granada, pero Granada estaba muy lejos y nosotros no conocíamos a Federico García Lorca, y tardaríamos muchos años en leer el «Romance sonámbulo» y saber que el sonambulismo plagiado de aquella canción de posguerra venía de Federico García Lorca, porque suele ocurrir que los vencedores asimilan la cultura de los vencidos, desfigurándola y trivializándola inevitablemente.

Así, aquel Antonio Vargas Heredia, rey de la raza calé, cayó el mimbre de tus manos y de tu boca el clavel, y de tu boca el clavel. El espectro del Camborio, muerto como Federico en mitad de los caminos, toma cuerpo folklórico y de consumo en una canción de posguerra. Alguien dijo que el plagio sólo es lícito si va seguido de asesinato, y en este caso había sido a la inversa.

Pero la gente empezaba a sacar carbón de las minas de Asturias, sin problemas ya de levantamientos obreros ni de huelgas, de modo que había un cierto optimismo renaciente en el país y los matrimonios cenaban fuera de casa en la noche del sábado y bailaban aquello de arriba con el tiruriruri y abajo con el tiruriruri, poniendo un dedo para arriba y para abajo. Se veraneaba en Gijón y las señoras alternaban sus olvidadas zarzuelas de preguerra con el canzonetismo estival de Conchita Piquer, verde como el trigo verde, y al verde verde limón. El muerto estaba bajo la tierra de Víznar, y su verde que te quiero verde, otra vez el romance sonámbulo, sonambuleaba en el subconsciente de los letristas triunfadores, sometida la magia de los versos originales y capicúas a una racionalización escolástica, aristotélica, tomasiana, tomista, ortodoxa: ya no se trataba de un verde inexplicable, como en Lorca, sino del verde del trigo y del limón. Imágenes realistas y coherentes para un lirismo racionalizado y burgués.

Y los niños jugaban a la rueda rueda, y la vecinita de enfrente solterita se quedó. A la lima y al limón, te vas a quedar soltera, a la lima y al limón, solterita se quedó. El poeta jugó con limones y colores, como un malabarista, hasta que le pegaron el tiro de gracia. Luego el juego seguiría, más torpemente, doloroso ya, en otras manos.

Pero el pueblo seguía inventando por su cuenta, no me beses con descaro que nos multa Romojaro, porque había gobernadores civiles especialmente empecinados en mantener la ortodoxia de los idilios cinematográficos. Cuando la eclosión de Manolete, «el mayor torero de derechas», según los tratadistas, la musa del arroyo, traicionada por Carrete en los cafés bohemios de Madrid, dio este pareado taurino-sociológico: Desde que ha venido Arruza, Manolete está que bufa. Manolete y Arruza, otra vez la eterna pareja española, Lagartijo y Frascuelo, Joselito y Belmonte, Cánovas y Sagasta.

Pero Carlos Arruza venía de la América española, del Méjico caliente, y esto hacía más violenta la competencia entre sangres hermanas. Otra vez la herencia de Ultramar alzándose contra el magisterio de la Metrópoli, y el imperio le costaría la vida a Manolete, no sin antes escuchar en sus oídos de hombre silencioso esta queja del pueblo que iba a la compra: Desde que ha venido Arruza ha subido la merluza. ¿Había venido Arruza a poner el toreo más caro, más competitivo, más alto, o se trataba realmente de hacer coincidir la llegada a España del diestro azteca con la vocación elitista de la merluza, que aún hoy, muchos años más tarde, sigue siendo minoritaria como una respetuosa del Palace?

Lo de la merluza era una variante del pareado que, a más de acreditar la riqueza de la musa del arroyo, mal vestida y todo, como la viera Carrete con su ojo fijo y loco, venía a dejarle en paz al pobre Manolete en su reñida competencia con el mejicano. Manolete tenía un automóvil azul, un haiga veloz y predestinado que le llevó a la muerte en Linares, para que Ricardo García, K-Hito, pudiera repescar los romances monárquicos del XIX y titular así: «Manolete ya se ha muerto, muerto está, que yo lo vi».

Las hambres levantadas de la posguerra empezaban a entresoñar vacas gordas en la canción de consumo de unos años más tarde. Tengo una vaca lechera, no es una vaca cualquiera, me da leche merengada, ay qué vaca tan salada, tolón tolón. Se pasea por el prado, mata moscas con el rabo, tolón tolón. Los más urgidos por el sexo que por el jugo gástrico ingeniaron una variante igualmente coyuntural: Tengo una novia lechera, no es una novia cualquiera, etc. Y, superada la inercia de los uniformes de guerra y de paz, hubo quien se atrevió a ponerse una chaqueta blanca de canícula, como en los felices y remotos años veinte. Madre, yo quiero yo quiero, quiero una chaqueta blanca, cantaban las radios del patio.

La gente volvía a veranear pacatamente, escasamente, y descubría los litorales. Él vino en un barco de nombre extranjero, lo encontré en un puerto al atardecer, cuando el blanco faro sobre los veleros su beso de plata dejaba caer. Era hermoso y rubio como la cerveza, su pecho tatuado con un corazón, y en su voz amarga había la tristeza doliente y cansada del acordeón. O bien Santander, Santander, tú eres novia del mar, las estrellas se van para luego volver, Santander, yo también volvería, que entonaban las armónicas del Frente de Juventudes. Pero a la tonadilla lorquiana de la Piquer se la llevó por delante el lerele y la zambra racial de Lola Flores, con Manolo Caracol, la Niña de Fuego, la Salvaora, la Zarzamora y todo lo demás. Dentro de su alma, él tenía una fuente para que su culpa, la culpa de la Niña de Fuego, se inclinase a beber. ¿Qué tenía la Zarzamora que a toda hora lloraba y lloraba por los rincones? En cuanto a la Salvaora, quien le puso ese nombre, qué poco la conocía, quien de ella se enamoraba, se perdía para toda la vida. La sociedad española no estaba tan erotizada como todo eso, empero, y la fijación del hambre y el estraperlo cantaba en la imaginación de la gente. Pelona, sin pelo, cuatro pelos que tenías los vendiste al estraperlo, decía la canción infame, canalla, callejera. De la Chaparrita a la Pelona, de la Zarzamora a la Niña de Fuego, de Juanita Reina a la vaca lechera, iba toda la tristeza de Ana María, la fea. El torero Francisco Alegre iba a morir de cornada de toro, como Antonio Vargas Heredia a manos enemigas, siendo como había sido rey de la raza calé, con octosílabo que quería sonar, sin atreverse, a «voz de clavel varonil». El poeta seguía ganando anónimas batallas después de muerto.

El estraperlo era el deporte nacional y de pronto aprendimos todos, incluso los niños, una nueva relación ontológica con las cosas, que no era ya la utilitaria ni la mercantil tradicional, sino la del estraperlo, nueva categoría mental y económica, nueva dimensión de los objetos y los comestibles que venía a revalorizar el pan blanco, las alubias pintas, las medicinas, el aceite de oliva, el azúcar y los huevos gordos de gallina.

Cruzaban el país, en la noche de los tiempos o en las tardes tórridas del verano, largos trenes rebosantes de sacos, paquetes, cestas, mujeres con senos de legumbres, vientres de café-café, caderas de pan blanco, y había un punto del viaje en que se echaban las cosas a voleo, por la ventanilla, en el campo, y luego saldrían unos hombres oscuros, de entre los árboles, a recogerlo todo. También podía ocurrir que vinieran los guardias, los policías, los inspectores, los civiles, los revisores, los interventores, los señoritos de Abastos, y se lo llevasen todo requisado.

Qué trasiego de comida y de ropa por todo el país, qué llevar y traer, qué tejer y destejer. Alubias de La Bañeza para Cataluña, garbanzos de Fuentesaúco para Madrid, aceite de Jaén para La Coruña. El estraperlo era una nueva dimensión, no sólo del comercio, sino de la vida, y a los españoles nos salió esa cosa de contrabandistas que tenemos todos desde los tiempos de Luis Candelas. España, país de litorales, ha vivido siempre la aventura del alijo, y el estraperlo de los años cuarenta fue una apoteosis del contrabandismo subconsciente de la raza, aun cuando unos cuantos estuviesen negociando con el hambre de todos.

De los niños se desconfiaba menos, al principio, de modo que a los niños nos obligaban a meternos barras de pan en los bolsillos, barras que no había que mordisquear, porque era preciso llegar con ellas hasta el mercado y ofrecérselas al ama de casa como quien le decía un piropo obsceno. El mercado negro del pan blanco, que decían los aficionados a hacer frases, era una cosa muy hermosa en la que los niños de derechas tuvimos oportunidad de saber, más o menos, lo que había sido la guerra para un niño de izquierdas.

Llenarle los bolsillos de pan a un niño hambriento y prohibirle que pellizque una miguita es pedagogía difícil de asimilar, pero el que se distraía, aquel al que se le iba la mano y le retorcía el pico a la barra, no servía para estraperlista y había que mandarle al colegio a aprender números y catecismo, ya que para la vida no iba a valer.

Señores de cuello duro con un paquetito de café en el bolsillo, gitanas de farala con una hogaza en cada seno, señoritas de casa bien con la lata del aceite debajo del impermeable. España tiene la inspiración del hambre y los españoles de los años cuarenta hicimos con el hambre una obra de arte, una forma de vida, una mística que se llamó estraperlo, y que tenía la variante de comprar en el pueblo unos kilos de patatas y venderlos en la ciudad, entre los vecinos de la propia casa, tres pesetas más caros, o bien cambiar esas patatas por leche condensada para el niño, medicinas para la abuela, bicarbonato para el marido o vitaminas para la niña.

Los de Abastos confiscaban lo que podían y se decía que luego ellos iban viviendo de lo que habían confiscado, o que el mercado del estraperlo se nutría de productos requisados a ese mismo mercado, lo cual era ya rizar el rizo de la picaresca, como cuando, en *Morena Clara*, Miguel Ligero robaba los jamones en la trastienda y luego iba a venderlos al mostrador. Pero, gracias al estraperlo, el café llegó a tener un olor misterioso de planta indonesia, el aceite llegó a cobrar transparencias opalinas de cosa nunca vista, las patatas se vistieron de un prestigio rural por sobre su estameña de toda la vida, el tabaco hizo humos de voluta de opio en las habitaciones últimas del fumador, y las legumbres confundieron sus razas en los alijos de vecindario como en una trata de blancas, negras y mulatas. El estraperlo era una concepción del mundo, una manera de estar en la existencia.

Los magistrados, los cirujanos, los aparejadores, los bibliotecarios, señores que siempre habían vivido en su alta abstracción profesional, se sumergieron de pronto en la lucha por la vida como el hombre de Neanderthal y afilaron sus artes, sus culturas, sus buenos modales, para conseguir un poco de azúcar o un cuarto de kilo de jamón. Esa cosa rutinaria que le da la intendencia y la digestión a nuestras vidas, se transfiguró de pronto en la conspiración misma de vivir, en el azar y la necesidad, que están siempre en el fondo de la especie, pero que llegamos a olvidar en épocas de normalidad o de confort. Lo más inquietante para un registrador de la propiedad era asegurarse la tacita de café después de las comidas, y para esto hacía viajes al suburbio, visitas a las últimas tiendas de comestibles del arrabal, transacciones en las barras de los bares y amistades oscuras sobre el zinc de las tabernas.

Si el hambre ha llegado a ser casi una mística del pueblo español, según los historiadores idealistas, la picaresca es el reverso de esa mística y el estraperlo venía a poner en juego toda la genialidad pícara, mística y hambrienta de una raza. Todo se vendía, todo se compraba, todo se cambiaba, y volvemos a recordar nuestros viajes a las chamarilerías con los paquetes de revistas de antes de la guerra, porque había que conseguir seis pesetas para que la abuela, la tía o la criada fuesen al mercado.

Decían que en los bares madrileños de la Gran Vía se vendía la penicilina. Como quiera que en aquellos bares se gestaban las enfermedades de posguerra, venía así a resultar que el mal y el remedio se expendían conjuntamente y casi al mismo precio. En la película *El tercer hombre*, de Carol Reed, veríamos algún tiempo más tarde a Orson Welles metiéndole agua a la penicilina para matar niños y ganar dinero, y no parece que por las cloacas madrileñas corriese ningún Welles infanticida, pero la ruta de la penicilina, en todo caso, había que hacerla por bares, pisos cerrados y restaurantes de madrugada. Había familias afortunadas que de manera misteriosa conseguían huevos frescos y lentejas a buen precio. «Es un señor muy bueno, que tiene mano en Abastos», decían.

Siempre había algún señor muy bueno que tenía mano en Abastos. Gracias a eso íbamos comiendo, y las cartillas de racionamiento tenían unos cuponcitos verdes o color ladrillo, que nos cortaban en la tienda, y también se negociaba con estas cartillas, y había gentes que compraban cartillas a otras gentes que necesitaban el dinero para medicinas o para hacer un viaje. Las colas, los corros del estraperlo, los «grupos de silencio», que dijo el poeta, se destacaban con su negror sobre la nieve sucia de los años cuarenta. Algunas señoritas recibían en casa, a media tarde, con mamá delante, a aquel señor tan bueno que tenía mano en Abastos, y luego la mamá de la señorita iba repartiendo por el vecindario a buen precio, como para hacerse perdonar no se sabía qué, paquetitos de azúcar, de café, de lentejas o de chocolate. Como el hambre y la ausencia de cosas nos había afilado el olfato a todos, vivíamos en un mundo perruno, olisqueando siempre, en el autobús, en el ascensor, en las tiendas, efluvios de café moreno, aromas torrefactos, dulzuras de chocolate en la golosina de nuestra imaginación, cosas que la gente debía llevar, quizá, en los bolsillos tristes y profundos de sus grandes ropas.

Si la guerra había dado madrinas de guerra en abundancia, la paz dio queridas en multitud. Los señores de posguerra tenían una querida.

Según *La Novela Verde* y *La Hoja de Parra* y otros erotismos hebdomadarios que, salvando la medianoche de la guerra, habían llegado hasta nuestras manos, los padres de familia españoles y los senadores habían ido teniendo, sucesivamente, a lo largo de la historia, suripantas, amantes, entretenidas, favoritas, apaños y, por fin, queridas. La querida era una cosa de posguerra.

Si la madrina de guerra vivió el platonismo del amor y de la Cruzada, la querida era algo así como la madrina de paz, la anti-madrina, la mujer del amor inmediato, cercano y surtido. La madrina de guerra enviaba a su amadrinado paquetes de cosas, comida y esparadrapo. La querida, por el contrario, recibía de los frentes confusos del estraperlo bolsas de legumbres, libras de chocolate, botes de melocotón en almíbar y terrones de azúcar. La relación se había invertido. Tras el platonismo de la guerra vino el pragmatismo de la paz, y aquel señor que tenía mano en Abastos encontraba la manera de que su mano derecha no se enterase de lo que hacía su mano izquierda, y así procuraba tener a la querida y a su señora madre debidamente abastecidas de comestible.

La querida de posguerra no tenía nada que ver con la meretriz tradicional de antes de la guerra, ni con las señoritas de campaña ni con las mujeres oscuras que esperaban a los moros, en su barrio de conventos y lagartos, allá en nuestra ciudad de provincias.

La querida era otra cosa.

La querida era un producto característico de la posguerra, los años cuarenta, la escasez y el estraperlo. Una señorita más o menos bien, a quien papá se le había quedado en el frente o huido para siempre o descasado o vuelto a casar, con la coartada de la guerra —vaya usted a saber—, porque había señores muy formales a quienes se daba por muertos y a los que luego se vio, años más tarde, en una sala de fiestas de Valencia, con una rubia platino o con una Gilda de tacones altos, bailando *Siboney*. Lo cierto era que la madre y la hija se quedaban solas en un piso enorme, con las cuatro cosas que habían podido salvar de la guerra —retratos del difunto, candelabros, un crucifijo de marfil, un brasero sobredorado—, y enviaban a los niños pequeños, si los había, internos con los frailes —«dónde van a estar mejor»—, y ellas cogían huéspedes estables, búscase caballero estable casa formal, buena cocina, agua caliente tres días por semana, o la niña se ponía de querida con algún señor de marrón, se echaba un querido.

El querido servía para que la madre y la hija no estuviesen tan solas (a veces el señor dudaba entre la una o la otra, y el vecindario no siempre sabía con precisión con quién de las dos se acostaba el visitante, aunque la portera sostenía siempre que con ambas, alternativa o simultáneamente, cosa que nunca pudo comprobarse y que en principio quedaba descartado por ir manifiestamente en contra de los usos sentimentales de la raza, por no hablar ya de los principios de la moral del país en general y de aquella honrada familia en particular). Así las cosas, la querida era una señorita como las demás, que seguía haciendo su vida de visiteo y buenas costumbres con mamá, pero para quien las primas y amigas tenían una cierta reticencia a la hora del chocolate.

—A ustedes, hijas mías, es que no les falta de nada.

—Dios nos ha ayudado mucho.

—Y aquel pobre santo quién sabe dónde, en cualquier cementerio, enterrado entre milicianos.

Entonces se vio más claro que nunca lo que les gusta comer a las señoritas del país y cuántas se han perdido por un chocolate bien espeso. Decía un escritor francés, quizá André Gide, que beber una taza de chocolate es beber España, pero lo que se bebe en la taza de chocolate, exactamente, es el espesor racial de la española-española, la española que cuando besa es que besa de verdad (claro que a esto no podía llegar André Gide, por falta de conocimiento de España y falta de conocimiento de la española y de la mujer en general, que le dejaba más o menos inapetente; no así el rico chocolate a la española tan bien cantado por Víctor de la Serna, Agustín de Foxá y otros escritores españoles de aquellos años benditos). Pero el azar y la necesidad lo rigen todo en los destinos humanos, como muchos años más tarde demostraría el señor Monod con la ayuda del premio Nobel.

Había en España mucho azar y mucha necesidad, y

la querida era una señorita ligeramente prostituida que no había perdido, ni mucho menos, sus buenas maneras de familia, el gusto por el piano, por el anisete, por el punto gordo y por los triduos. Pero ya se veía que no le salían novios a la niña, no se sabía por qué, y quizá Juanita Reina, en su escuela y estilo de Semana Santa sevillana, lo dijo mejor que nadie, se *pué* saber de qué y por qué la María Amparo vive en Sevilla, se *pué* saber el qué y por qué de lo que oculta tras la mantilla. Detrás de la mantilla sólo se ocultaba, a veces, un señor que tenía mano en Abastos.

Muñoz Román, atento a la marcha de la historia, lo entendió así en *¡Cinco minutos nada menos!*: Por ser la mantilla de blonda la prenda que más favorece a la mujer española. La querida, con mantilla o sin mantilla, con el velito liviano de Chaparrita la divina, la que iba por las mañanas al templo para rezar, la que gemía y lloraba y con el llanto se decoloraba y luego se volvía a pintar, la querida, digo, despertaba la curiosidad infantil de los niños de la guerra, que la veíamos por la calle con un abrigo de piel y una bolsa de la compra siempre llena de cosas.

Gustaban las queridas porque eran señoritas formales que no habían perdido el sano pudor de la familia y recibían al señor de todas las tardes sentadas en la mesa camilla, leyendo una novela de la colección Pueyo (Colección Pueyo, novelas selectas), que era una cosa que se leía mucho entonces, y calentándose las piernecitas en el brasero sobredorado que habían salvado de la guerra y de la rapiña de la horda ateo-liberal-judeo-anarquizante-masónico-marxista.

La querida estaba teñida de rubio, como entonces se llevaba, y tenía un encanto entre Maruchi Fresno, Aurora Bautista, Elena Espejo y Amparito Rivelles, pero en más rezadora, naturalmente. A otras, por el contrario, se les notaba mucho que iban para queridas de alguien y que lo hubieran sido con guerra o sin guerra, porque hay mujer que se pierde en la paz augusta y mujer que pone como disculpa para perderse la guerra de los Treinta Años.

Eso nunca se sabe, y lo único cierto para nosotros, niños de posguerra, aprendices de todo, mirones de la vida, era que las señoritas queridas nos gustaban mucho con sus pelos rubios, sus ojos pintados, sus turbantes, su tacón alto, sus hombreras anchas, sus abrigos de piel, sus largas faldas plisadas y sus boquitas rojas.

—Se le está poniendo muy grande este niño, señora —les decían ellas a nuestras madres, para hacerse perdonar su perdición. Pero nuestras madres nos apartaban pronto de la cercanía de la señorita rubia, que estaba tan perdida y olía tan bien. A lo mejor, ella, antes de irse, sacaba un puñado de higos de su abrigo de armiño y nos daba los higos con una sonrisa. Las queridas fueron un poco nuestras hadas, después de todo, porque la verdad es que los niños de la guerra no tuvimos otras.

Cuando la guerra había unos colegios de párvulos con el refugio al lado, y nos bajaban a los niños al refugio, una bodega o una catacumba, en cuanto sonaban las sirenas, pero los niños no teníamos nunca sensación de peligro, pues la muerte es un concepto y los niños no estábamos para conceptos. Lo mejor del bombardeo, de las sirenas, de los aviones, de los refugios, era que no había que estudiar ni dar la lección, y que descubríamos, de pronto, los niños, que la tabla de multiplicar no era una ceremonia ininterrumpible, sagrada, como una misa o una boda, sino que el vagido de una sirena hacía saltar esa tabla y todos corríamos por encima de los pupitres.

La desmitificación de la tabla de multiplicar, que es cosa que no han alcanzado todas las generaciones de escolares, la alcanzamos nosotros gracias a las sirenas y las bombas. Habíamos perdido la fe y el respeto por la tabla de multiplicar, que ya no era un coro griego y retórico inexorable, una vez puesto en marcha, sino que podía quebrar en cualquier momento por culpa de la alarma, y con esto se veía que la tabla de multiplicar, la lista de los reyes godos y las cabezas de partido judicial son una superestructura cultural que no tiene nada que ver con la vida, ninguna fuerza frente a ella. Estábamos jugando a la cultura, pero la cultura no era más que eso, un juego, como los niños habíamos intuido siempre, de modo que no había más que afinar el oído hacia las sirenas de la vida, de la verdad, del peligro, para que todo el ceremonial de la cultura quedase roto con la misma facilidad que se rompían nuestros juegos infantiles, el marro o el escondite, cuando a los mayores les daba la gana de decir que era la hora de cenar.

Lo peor y lo mejor de la guerra fue eso, que nos quitó a los niños el sentido sacral de la cultura, como se lo quitó a los mayores que estaban haciendo una carrera o preparando unas oposiciones. No. Nada de eso era importante. La vida está siempre en peligro, «vivir peligrosamente», decían los fascistas de entonces, y aunque nosotros no queríamos vivir en fascistas, lo cierto era que, después de unas horas de refugio y peligro, después de un bombardeo, era muy difícil tomarse en serio la historia de José vendido por sus hermanos.

En nuestros primeros colegios había unas señoritas que eran como nuestras tías, unas tías no queridas que nos habían salido de pronto, igualmente regañonas y ratisabias, unas señoritas que tenían derecho a tirarnos de la oreja y a limpiarnos el culo, igualito que nuestras tías.

No podía ser. Queríamos ir a un colegio de hombres, y nos llevaban a colegios oscuros, en patios interiores, con olor a cocinas pobres y corriente de pasillo, donde hacíamos palotes, temblorosas y atormentadas caligrafías, bajo la mirada miope y dura de unos maestros con mandilones grises, bigotes negros y regla de pegar en la mano.

A otros niños los llevaban a los colegios de frailes o de monjas. Algunos niños estuvimos una temporada en el colegio de las monjas, siendo muy pequeños, y las monjas nos explicaban mucha Historia Sagrada con un enorme libro de láminas que tenían siempre abierto sobre un viejo facistol. Las historias eran más o menos aburridas y nos parecía saberlas desde siempre, pero en las grandes láminas había hermosos desnudos coloreados, y toda aquella gente que se había paseado al sol del Antiguo Testamento con las carnes muy desnudas y blancas —blancas a pesar de aquel sol antiguo y grande—, nos parecían más libres y más felices que nosotros.

A los niños de la guerra nos aburría bastante la tabla de multiplicar, y los quebrados nos pinchaban en la alambrada espinosa de sus fórmulas. Los quebrados eran como un campo de concentración para niños. También nos aburrían las fórmulas, y luego leeríamos en Antonio Machado aquello de la tarde parda y fría de invierno, los colegiales estudian, monotonía de lluvia tras los cristales. Como no sabíamos leer poesía, nos salía así: «Los colegiales estudian monotonía». Y efectivamente, la monotonía quedaba como una asignatura gris, extensa, aburrida y diaria. La Historia de España y la Historia Sagrada eran cosas más hermosas.

Inmensos bosques de coníferas y helechos arborescentes cubrían los continentes purificando la atmósfera de anhídrido carbónico. Así decía la introducción a la prehistoria. Uno quería perderse en los inmensos bosques de coníferas y helechos arborescentes, caminar por frescos continentes respirando un aire purificado de anhídrido carbónico. Pero después de la lírica venía la épica:

«Historia de España es la narración de los sucesos más importantes llevados a cabo en el mundo por los españoles desde los tiempos más remotos hasta nuestros días». Y resultaba que los españoles, desde los tiempos más remotos hasta nuestros días, se lo habían pasado haciendo machadas y diciendo frases a cada paso.

Los españoles tenían frases para todo. Después de una batalla, después de una victoria o una derrota, a la hora de la muerte, siempre tenían los españoles que soltar su frase, como si estuviesen en el teatro, el Teatro de la Historia, y la Historia la hubiese escrito don Eduardo Marquina, prestigiado autor que moría por entonces, con luto en toda la prensa nacional.

Más vale honra sin barcos que barcos sin honra, porque yo no he enviado a mis naves a luchar contra los elementos, pero tan alta vida espero que muero porque no muero, ya que éstos son mis poderes y adonde no se llega con la mano se llega con la punta de la espada, la guerra ha terminado y manos blancas no ofenden, qué tengo yo que mi amistad procuras, llora como mujer lo que no supiste defender como hombre, y Boabdil lloraba, morito dulce y lírico, entre arriates, mientras Guzmán el Bueno ofrecía su puñal al enemigo para que descuartizasen a su propio hijo, pues todavía no había dicho Albert Camus que entre la Justicia y mi madre prefiero a mi madre, cosa que luego se le iba a afear mucho, con perdón de la pobre señora. España, España, gritaba un indio tísico en París, aparta de mí este cáliz.

Pues claro que a los niños nos asustaban los lapiceros sin punta, e incluso el dos en el cuaderno, pero en la escuela nacional, gratuita, poníamos garbanzos y patatas a asar en la estufa, durante el recreo, y nos calentábamos los pies envueltos en trapos, y siempre había algún chico al que le supuraban las orejas, y allí olía a caries y a vientre, pero marcábamos el paso por los corredores y en el patio, entre la niebla y el frío, juventud española descendiente de Fernando y de Isabel, cantábamos, ha nacido el Imperio del Yugo, de las Flechas y la Fe, somos luz de amanecer, amanecer, de la España que ha empezado a resurgir, a resurgir, sembraremos los caminos de laurel, de laurel, los caminos de nuestro porvenir, porvenir. Y a los rayos de esta luz, y de esta luz, de la España que ha empezado a resurgir, a resurgir, y vuelta a empezar.

En las galerías olía a retrete, a defecación enfriada, en el mes de mayo hacíamos las Flores a María llenando de ramos las medidas metálicas de estudiar el sistema métrico decimal, y a los niños descalcificados de la posguerra nos dolían las rodillas de estar tanto tiempo arrodillados, en las losas, rezando y cantando.

En todas las casas había unos Sagrados Corazones de Jesús y de María. Generalmente estaban clavados a la puerta. Dios bendiga esta casa, decían, o Reinaré en España con más veneración que en parte alguna.

Luego, por el interior y las habitaciones, quizá había más estampas, cuadros o calendarios con los Sagrados Corazones, y en nuestras casas se recibía la revista *Reinaré*, cuyo título estaba tomado precisamente del «Reinaré en España, etc.». Asimismo, se recibían en casa las hojitas de la Adoración Reparadora y de las Madres Oblatas, que eran unas hojitas blancas, pequeñas, impresas de una manera un poco confusa, con unos grabados que eran siempre los mismos, borrosos ya, y con oraciones y rezos. Todas las semanas llegaba la capillita portátil de la Virgen del Carmen, la Inmaculada o el Niño Jesús de Praga, una caja vertical, de madera, con una imagen dentro y un vidrio protegiéndola. Había que encender una lamparilla delante de la imagen y meter alguna moneda de vez en cuando por la ranura que la capillita tenía bien visible. Tardaríamos mucho tiempo los niños de la guerra en aprender a sacar de aquella ranura las monedas que habían metido otras gentes devotas o nuestra propia familia.

Por detrás, la capilla llevaba pegada una lista, escrita a máquina, defectuosamente, con añadidos a mano, con letra lo más clara posible, como las cartas de los restaurantes baratos; era la lista de los abonados a la capilla itinerante, que la iban recibiendo por orden y se la pasaban de mano en mano, de unos a otros, dentro del vecindario.

—Niño, llévale el Niño Jesús de Praga a doña Benita.

La capillita tenía por arriba un asa. Se cerraban las dos pequeñas puertas de madera con una aldabilla, se cogía la capilla por el asa y se iba uno a casa de doña Benita a entregarle el Niño Jesús de Praga, que quedaba depositado en aquella devota casa, confiado a la piedad de aquella familia. Y así siempre. El Niño Jesús de Praga tenía en la cabeza una gran corona y vestía un cuello rizado y una gran capa con flores, una capa muy tiesa, acampanada, como les quedan siempre a las imágenes religiosas.

El Niño Jesús de Praga tenía en la mano la bola del mundo, y sobre ella emergía una cruz dorada, y con la otra mano estaba el Niño Jesús de Praga bendiciendo aquel mapamundi, juntos los dedos índice y corazón, en el acto de bendecir. A los niños de entonces nos hicieron de la cofradía del Niño Jesús de Praga, e íbamos todas las semanas al templo donde se veneraba, un convento de carmelitas descalzos, y allí rezábamos ante su imagen, que era como la de la capillita casera, pero mucho mayor, en esa progresión de lo religioso, que va de la pequeña imagen que se porta al cuello, con una cadenita, a las estampas, las imágenes de las iglesias, en tamaño natural, la grandiosidad como mitológica de los grandes murales religiosos y, finalmente, la inmensidad anonadante de Roma, del Vaticano. Esta progresión nos hacía comprender muy bien a los niños, sin saberlo, la magnitud del cielo, que estábamos viendo encima de nuestras cabezas, y que evidentemente debía y podía albergar la divinidad, dadas sus proporciones, del mismo modo que en el Vaticano cabía mayor proporción de sobrenaturalidad que en nuestras humildes casas. Hacíamos procesiones con banderitas por el interior del templo, cantábamos cosas y llevábamos en andas, entre cuatro (era importante ser elegido), una imagen del Niño, otra imagen, ésta de tamaño regular, transportable.

Todos los primeros domingos de mes teníamos comunión mañanera en la capilla del Niño Jesús de Praga, y luego el padre José Antonio, que era el carmelita que llevaba aquella cofradía infantil —voz suave y enérgica, calva rosada, gafas inteligentes, dulzura grave y esferoidal— nos hacía una plática. Nos daban vales, moneditas, medallas, banderines, plumieres, cosas, y éramos bastante afortunados.

Antes de eso habíamos hecho nuestras primeras comuniones, naturalmente, para poder luego comulgar en la fiesta dominical, y si bien algunos niños acudieron a la sagrada mesa vestidos de marineros, almirantes o contralmirantes, de vagas flotillas celestiales, otros niños menos dichosos hicimos la primera comunión estrenando un jersey de Auxilio Social, uno de aquellos jerséis a rombos negros y marrones, o blancos y verdes, con una cremallera que se estropeaba en seguida. Nadie se enteraba, así, de que hacíamos la primera comunión, pues se trataba precisamente de eso, por parte de nuestras familias, de que no se enterase nadie de lo pobremente que lo hacíamos, y esto nos producía una frustración o un trauma, como aprenderíamos a decir luego, cuando ya el Niño Jesús de Praga nos tenía bastante lejos de su mirada fija, infantil y divina.

Leíamos por la noche las vidas de los santos y nos aterrorizaba aquella aventura de sangre, leones, hambre, demonios rabudos, ayunos, soledad, flagelos, llanto, visiones y muertes que debía atravesar un hombre o una mujer para llegar al cielo, a lo más recóndito y azul del azul, a la entraña misma de la azulidad.

Evidentemente, uno no iba a llegar nunca a eso, y no sólo porque no veíamos por parte alguna los leones y los centuriones romanos que pudieran ponernos a prueba, sino porque aquellas visiones privilegiadas del entrecielo, no sólo nos parecían inaccesibles, sino que —ahora se comprende bien— no las deseábamos en absoluto, nos asustaban como las historias de aparecidos del otro lado, venidos de abajo, del infierno. Toda transgresión de lo natural era terrorífica para nosotros, morbosa, supongo, y tenía la atracción y la repulsión de la muerte. Recelábamos de que se nos fuese a aparecer un santo, pero lo que pasaba en el fondo es que no lo deseábamos en absoluto. Naturalmente, los padres carmelitas gastaron en vano sus medallas, sus pequeñas falsas monedas, sus vales, sus plumieres, sus banderines y sus pláticas. Quién sabe si de entre todos aquellos niños se salvó alguno. La mayoría andan por la vida perdidos de la gracia, y quizá ni siquiera recuerdan los hermosos cánticos de los primeros domingos de mes, con comunión por la mañana y procesión dentro del claustro, por la tarde.

Otros religiosos, otros sacerdotes nos daban instrucción en la catequesis o en Pan y Catecismo. Pan y Catecismo era una sala grande, vieja, donde los niños nos sentábamos en bancos de madera largos, alineados, y escuchábamos las explicaciones de un sacerdote que quizá se llamase don Remigio u otra cosa así, y que ceceaba un poco. Decían que en Pan y Catecismo daban cosas a los pobres, pero a muchos de nosotros nunca nos dieron nada. Había otro sitio, donde nos ponían películas por las tardes, en una bodega fría. Eran películas viejas, mudas, temblonas, que el cura paraba en seco, de vez en cuando, para que rezásemos a coro un Avemaría.

Había unos años primeros en que la cama de los domingos, cuando no había que madrugar para ir a la escuela ni a comulgar delante del Niño Jesús de Praga, se tornaba dulce, íntima, estremecedora para el niño solitario tronzado contra sus primeros estímulos.

Era una ternura inocente, un despertar del propio cuerpo un poco borroso y lilial, la carne tomando conciencia de sí misma en torno a zonas secretas, la corola de la infancia abriéndose a dulces violencias bajo el cuadro de las ánimas del Purgatorio que teníamos encima de la cama. Todavía no había ocurrido el pecado original y el hombre era tierno con su propio cuerpo, como con un animal manso y niño, como con el cordero retozador y gimiente de remotos veranos en campos remotos. Luego, con el tiempo, el cordero se haría macho cabrío, por el mal del saber, por la palabra *pecado*, por la pérdida de la inocencia.

El macho cabrío ya no retozaba en el amanecer floral de los domingos sin prisa, sino que se encerraba bajo siete aldabas, en los últimos retretes de la casa, o frente a los espejos turbios de la soledad, para flagelar su carne con el haz de sus sangres. El cuerpo había dejado de ser cordero amigo, lechón tibio, para tornarse centauro de cuernos, rabo, pezuñas y sexo. Había pasado la consagración de la primavera. Ya no se podía amar el propio cuerpo bajo el cuadro de las ánimas del Purgatorio, bajo las llamas ávidas, bajo la Virgen del Carmen y su gran escapulario.

Mejor en la soledad de los retretes, en la angostura de los retretes, cuando ya el cuerpo no era un animal amigo, sino un endriago enemigo. Nos enseñaron a odiar el propio cuerpo, a temerlo, a ver en su desnudez rojeces de Satanás, repeluznos de Luzbel, frondosidades infernales. Odiábamos nuestro cuerpo, le temíamos, era el enemigo, pero vivíamos con él, dentro de él, y sentíamos que eso no podía ser así, que la batalla del día y de la noche contra nuestra propia carne era una batalla en sueños, porque de dónde tomar fuerzas contra la carne, sino de la propia carne. Había un enemigo que vencer, el demonio, pero el demonio era uno mismo.

El demonio tomaba mi cuerpo, mi carne, y entonces yo no tenía desde dónde luchar. Lo más demoníaco del demonio era que el demonio era yo mismo. «Tengo miedo de ser el demonio...», leíamos mucho tiempo más tarde en un gran autor español. Y los niños de la posguerra teníamos miedo de ser el demonio. Sabíamos, intuíamos que el demonio no estaba en parte alguna, que no iba a salir por detrás de una cortina ni de debajo de la cama. Pero tampoco podíamos negarle, porque la Historia Sagrada, el catecismo, la catequesis, los carmelitas y otras muchas cosas le avalaban. El demonio existía, tomaba cuerpo, se hacía real, pero no frente a nosotros, sino a costa de nosotros mismos. Cuánto tiempo, cuántos años hacen falta para decir: el demonio lo creo yo; si yo no le presto mi cuerpo, mi alma, mi sexo, mi imaginación, el pobre demonio no puede encarnarse. ¿Qué cuerpo va a tomar sino el mío? Luego depende de mí, y no yo de él, le tengo a mi merced. No es un enemigo que sitia y toma la plaza, que se me mete en el cuerpo. No. Es que necesita de mí para ser él. Es que no llega a existir si no existo yo. Es que le estoy creando con el acto de temerle.

Y así era como llegaríamos a dominar al demonio.

Pero el flagelo turbador de la carne tuvo durante mucho tiempo el sabor de una derrota, el cansancio de una batalla perdida, el olor a cloaca que llegaba de los patios interiores de nuestras casas y el contacto frío y viscoso del pecado deficiente.

—A dónde se ha metido ese niño.

Algunos llegaron a la fiesta colectiva, a la exhibición, a la demostración, a la confusión de la carne, porque tenían de pronto entre las manos un tesoro, una erupción de carne estallante y no sabían qué hacer con ello. La pubertad le llena al niño de tesoros, de imágenes, de formas, le ilumina un mundo nuevo para el que no había sido preparado. Naturalmente, hace mal uso de todo ello. ¿Por qué nadie nos había advertido nunca de que sobrevendría aquella eclosión, aquella abundancia, aquella resurrección de la carne? Nuestra carne niña, blanca, floral, había estado dormida, amortajada en la inocencia, en el sueño uterino, prolongado en mitad de la calle, y la auténtica resurrección de la carne era entonces, cuando todos nos vestíamos de nuestros cuerpos, almas y sexos, los que efectivamente íbamos a tener ya para siempre. Era un suceso sobrenatural, apocalíptico, glorioso y siniestro, para el que nadie nos había preparado.

Toda aquella grandeza había que vivirla a escondidas. No lo entendíamos. El chico solitario, el chico con el chico, el chico con la chica, muchos chicos solos en una cocina familiar, cuando los mayores estaban fuera. Un niño y una niña desnudos dentro de un retrete, descalzos, temblorosos, sin tocarse. Era la magna conspiración de la vida, a la que no se le permitía salir a la luz.

¿Por qué?

Pero el fin no estaba en nuestros cuerpos. Los cuerpos son honrados, leeríamos mucho tiempo más tarde en un escritor europeo. Y si los cuerpos son honrados, ¿por qué se les persigue y oculta como a delincuentes? Los cuerpos no engañan ni se engañan, piden lo que es suyo, realizan su función, dicen su palabra silenciosamente, bajo el sol del mediodía o en la dulzura de la noche. Los cuerpos son honrados, pero escribiría un poeta, para que algún día lo leyésemos, que el destino del cuerpo es otro cuerpo. El destino del cuerpo era otro cuerpo.

No había otro cuerpo. Poner el dedo sobre un cuerpo humano es tocar el cielo, según Novalis, y aprendimos aquello de amor, amor, amor... en el lugar del excremento. Las niñas, ay, no tenían cuerpo. Hasta que un día tomamos el camino de aquel barrio de conventos, meretrices y lagartos, aquel barrio lejano, cercano y oscuro por donde habíamos visto perderse a los moros en los lejanos anocheceres de la guerra. Ahora íbamos nosotros a la busca de aquello, calles tenues y turbias, escombros, la miseria adornándose a sí misma, los caprichos inverosímiles del cemento, del ladrillo, de la madera vieja, de la cal carcomida, de los hierros leprosos, un mundo de sábanas tendidas, vino caliente y mujeres flojas y pintadas.

Ya no estaban los moros, se habían ido hacía mucho tiempo, pero ellas debían ser las mismas, y tenían para nosotros el prestigio oriental que les habían dejado los hombres oscuros del turbante y la voz lenta. Las meretrices. Aquella palabra y aquellos oscuros sueños. Las veíamos sucias, llameantes de miseria, con el pelo crispado, los ojos atónitos, las bocas moradas y los pechos grandes, claudicantes, vivos, participando en todo lo que ellas hacían. Éste era su gran encanto, quizá, ésta era la gran diferencia con las otras mujeres, con las impensables mujeres de nuestra vida, de nuestra familia, de nuestra infancia.

Las mujeres honradas no tenían pechos.

O tenían un busto inmóvil, hierático, empaquetado, que llegaba a olvidarse. Todo el encanto, el único encanto de aquellas meretrices, tan malparadas por la lujuria de los moros, era que tenían unos senos vivientes, sueltos, malogrados quizá, pero presentes siempre en la vida de ellas, presentes cuando ellas se reían, hablaban, corrían, se enfadaban, se levantaban o se agachaban.

Eran mujeres con senos. Y sus senos iban y venían con ellas, temblaban con ellas, se encrespaban con ellas, se encampanaban cuando a ellas se les encampanaba la voz, el gesto, el humor o el cuerpo entero. Las mirábamos, las seguíamos, huíamos un poco si nos sonreían. Había algo en ellas que nos repelía y nos atraía, como en todo el erotismo, por lo demás, aunque esto no lo supiésemos entonces, como no sabíamos que toda la diferencia mágica y salvaje entre una meretriz y una honrada eran los pechos. Cómo las humanizaban sus pechos, qué madres las hacían, aunque no se les viesen los hijos por parte alguna. Mirándolas aprendimos los niños de la guerra que la mujer no es un hombre, que la mujer es el domingo del hombre, una patria para el hombre, el reposo del guerrero, todo eso que luego se ha dicho de ellas, o que luego hemos leído nosotros. Estábamos descubriendo, sí, que la maternidad no estaba perdida, que quedaba en el mundo una maternidad para hombres adultos, la definitiva, la salvadora.

Pero lo descubríamos en aquellas mujeres lamentables, desastrosas, atravesadas por mil gritos, con el rostro comentado de arrugas como un códice antiguo con muchos comentarios al margen.

La reencarnación de la madre que empezábamos a perder se nos presentaba sucia, pintada, violenta y revuelta. La resurrección de la madre era una resurrección de momia con sexo. Pero la buscábamos, la necesitábamos, nos atraía. Y volvíamos una y otra vez al barrio de los anocheceres moros, cuando ya no había moros y todo quedaba —pecados, rosarios, campanadas, eyaculaciones— entre cristianos viejos.

Había unos blocs de fotografías de Franco levantando la mano, saludando con la mano en alto. Si se dejaban correr las hojas, las fotos muy de prisa, resbalando por la yema del dedo pulgar, se producía un movimiento, una película en la que Franco subía y bajaba la mano, saludaba una y otra vez.

Era el truco del cine, pero en directo. Una serie de posturas sucesivas hilvanadas en la secuencia rápida del pasar de las fotos. Algunos chicos teníamos este álbum de bolsillo y nos entreteníamos creando el movimiento, el saludo brazo en alto. Alfredo Mayo ganaba batallas en los frentes del celuloide, *Raza* y *A mí la legión*, *Escuadrilla*, *Botón de ancla*, películas con sangre, heroísmo, himnos, aviones y, finalmente, aquella venda un poco ladeada, en la frente del galán, con el hilillo de sangre en la sien, el bigote muy fino y los ojos fijos en el mañana. Stalin sonreía bajo su bigote espeso y Winston Churchill encendía un cigarro puro que hacía humo de transatlántico.

Manuel Rodríguez, Manolete, inventaba la manoletina, que era un pase repulido, y luego se pusieron de moda unas gafas de sol que él llevaba, antifaz de su timidez, muy pegadas al rostro, y que también se llamaron manoletinas. Aurora Bautista daba el grito heráldico en *Locura de amor*, donde una morita guapa empezaba a llamarse Sara Montiel bajo el signo de Enrique Herreros, el que caricaturizaba en las portadas de *La Codorniz* a los señores de los cócteles. Los Estados Unidos iban a entrar en la guerra, había pancartas en la Plaza de Oriente de Madrid, Jorge Negrete bajaba de los cielos charros con su mariachi y María Félix, turbante y voz oscura, nos advertía que «yo no soy una cualquiera».

Hitler tenía un bigotillo como el de Charlot y se decía que le servían platos de ojos humanos, por las mañanas, en su despacho, para que supiese con certeza que habían muerto unos miles de judíos aquella noche. Mussolini tenía el rostro labrado por la luz de mil antorchas que ardían en las plazas de Roma.

Luego le colgarían de un farol de la ciudad, cabeza abajo, y un cronista le vería «con sus grandes botas pisando el cielo». De Hollywood venían unas películas con teléfonos blancos, alfombras blancas, bañadores blancos y unos amores muy limpios con la voz de Bing Crosby poniéndolo todo meloso y sentimental. Lola Flores bailaba su zambras con Manolo Caracol y Antonio Machín, exiliado de un bosque de angelitos negros, cantaba en las verbenas del verano su pintor si pintas con amor por qué desprecias su color si sabes que en el cielo también los quiere Dios.

España era internacional, a pesar de todo, pues ahí estaban Xavier Cugat y José Iturbi, en las películas de Hollywood en tecnicolor. Dos españoles triunfando en la Meca del cine. Antonio Casal y Fernando Fernán

Gómez eran unos marinos muy divertidos, Juanita Reina podía enloquecer a los senadores como María Antonia la Caramba o cualquier otra tonadillera del XIX. Winston Churchill no se quitaba el puro de la boca para pintar sus marinas, pero los hombres de la División Azul habían aprendido a cantar *Yo tenía un camarada* en alemán. En las películas de guerra se veía lo bajitos que eran los japoneses y lo limpia que tienen siempre la dentadura los norteamericanos.

En *Escuela de sirenas*, Esther Williams lucía su erotismo acuático de pescadilla privilegiada, y Red Skelton se vestía de mujer, que es una cosa que siempre hace reír mucho a la gente en todas partes, porque el transvestismo está en el corazón de todos los hombres. Los hombres de nuestra ciudad, y también los niños, hacíamos corro en torno a los quioscos de carteleras donde se anunciaba *Escuela de sirenas*, con fotografías de la película, éramos una piña masculina descubriendo aquellos bañadores puritanos de la América de Eleanor Roosevelt, escándalo para lo que el poeta llamara «salmantino luto». Pero las bañistas tenían siempre, en los rincones más íntimos de su anatomía, un patito de Walt Disney, o un loro redicho, remediando mediante el dibujo animado la crudeza de la verdad de la vida.

No así Gilda, Rita Hayworth, quizá la mujer más guapa del mundo, con aquellos ojos hermosos, aquella nariz grande y bella, aquella boca también grande y bella, aquel cuerpo delgado y su pisar un poco para adentro. Gilda, años cuarenta, amado mío, te quiero tanto, no sabes cuánto ni lo sabrás, todo lo que tengo, amado mío, desde que te vi no me sirve a mí, yo sé bien el por qué. Los estudiantes de la ortodoxia escurialense iban a echarle botes de pintura a las piernas inermes de

Rita Hayworth, y fue un primer mérito que hicieron para iniciar su carrera política, que en algunos casos llegaría a ser brillante. Los chicos de las reuniones piadosas también fueron a echarles pintura a las piernas de Rita Hayworth, porque realmente no se había ganado la guerra para eso, para que la democracia libertina, judaizante, puritana, capitalista, belicosa y erotizada de los Estados Unidos ensuciase nuestras ancestrales paredes con el cartel de una mujer en cuatricromía, pecadora y sensual.

En las radios de los patios interiores sonaba el *Amado mío* a la hora de la fritanga familiar, o bien la melancolía mejicana y devota del Trío Calaveras, serenados ya los impulsos machos de Jorge Negrete. Méjico era un país que no quería nada con nosotros, al contrario de la República Argentina, Perón, Radío y el trigo que nos enviaron. Méjico no tenía tratos con España, pero Jorge Negrete, Irma Vila, el Trío Calaveras, María Félix, Cantinflas, el indio Fernández, Dolores del Río y sus mariachis salvaron ese vacío, llenaron esa ausencia de hermanos, cubrieron la nada diplomática con su hermandad de canciones, películas, amores, historias y risas.

El Barcelona tenía a Ramallets, un portero de categoría internacional, y la Niña de Fuego podía abrevar en la fuente que el cantaor tenía dentro de su alma. Dentro de mi alma yo tengo una fuente para que tu culpa se incline a beber.

*La leona de Castilla* era una película que pudo haberle devuelto su grandeza a nuestro cine y a nuestra historia. Los rusos, los americanos, los ingleses, los franceses, ganaron la guerra. Los aliados, les decían. Los alemanes, los italianos y los japoneses la perdieron. Harry S. Truman tiró una bomba atómica sobre Hiroshima, y hay quien dice que suspiró, al saber la catástrofe: «Hiroshima, mon amour...». A Manuel Rodríguez, Manolete, le cogió el toro en la plaza de Linares, cuando la afición pedía más caballos, porque el pueblo español se ha pasado la vida pidiendo más caballos, más sangre, más follón.

Don César de Echagüe y de Acevedo, el Coyote, cabalgaba por el monte y por el llano. Los niños de la posguerra teníamos en él un centauro del Zorro (el de la famosa película, *El signo del Zorro*) y de Billy el Niño, pero a la española. El Coyote era un héroe colonial, entre señorito andaluz y Scaramouche del Oeste. A Winston Churchill le dieron el premio Nobel de Literatura, cosa que nos hizo renunciar voluntariamente a ese premio para siempre, y la desestalinización comenzaba por donde dialécticamente debía comenzar: por la muerte de Stalin. Dicen que dijo al morir, recordando un Shakespeare que había visto en el Moscú de los zares, cuando soldado: «También tú, Bruto»...

El cine de la infancia, películas de Shirley Temple, aquella niña rizadita, entre los abisinios, qué atroz aventura, o el Danubio Azul. Danubio Azul, de plata y zafir, un vals en el que danzaba, para nuestra infancia de preguerra, todo el mundo de los años veinte y treinta, cuando la gente era feliz y daba fiestas con muchos candelabros, bailaba el vals y no tenía que ir a la cola del racionamiento. Freddie Bartholomew, *Capitanes intrépidos*, Spencer Tracy, Mickey Rooney, o Jackie Coogan.

¿Queríamos ser Freddie Bartholomew, el niño aseadito, de cuellos redondos, privilegiado, que sabía sentarse en las sillas rococó, o queríamos ser Mickey Rooney y Jackie Coogan, el golfo neoyorquino de la gorra de visera, el suéter de gran cuello, el chicle en la boca, el vendedor de periódicos desgarrado, aventurero, rey de los suburbios de la gran ciudad, amigo del gángster y del policía? El cine nos metió en el cuerpo la primera duda metódica y hamletiana. Una crisis de identidad, como dicen algunos psiquiatras. Una crisis de identidad que todavía nos dura a los niños de la guerra. A los cuarenta años, aún no sabemos si queremos ser el niño Freddie, caprichosito, *dandy* diminuto, de *Capitanes intrépidos*, o el golfo de las calles, el vendedor de periódicos que roba manzanas en los mercados. El cine nacional, con militares, curas, reinas, coronas, gitanas, caballos, coplas y chisperos, no nos gustaba nada. Todo estaba demasiado cerca y Heidegger ha dicho que el hombre es un ser de lejanías. Lo nuestro era el lejano Oeste, el Chicago de los años treinta, palpitante de metralletas, el Nueva York de los rascacielos o la Policía Montada del Canadá.

Tardes de invierno, la alta localidad de los soldados y los chicos del hospicio, un clima de cacahuet y manigua caliente, *El misterio de Fiske Manor*, *El retrato de Dorian Gray*, con George Sanders y Angela Lansbury, *El forastero*, con Gary Cooper, el reino del misterio y el reino de las pistolas. Había un mundo refinado, perverso, gentil, con flores y besos, con libros, y puñales, que era el de Dorian Gray.

Ese mundo queríamos que fuese el nuestro. Dentro de aquella ropa de Auxilio Social, palpitábamos de exquisitez, los niños de derechas, por vestir la línea *dandy* de Dorian Gray, dejando detrás una estela de hombres atormentados y mujeres enamoradas. El mal. Un mundo al que no llegaban, ni con mucho, los padres carmelitas, su Virgen del Carmen, las llamas del Purgatorio ni el Niño Jesús de Praga. No conocíamos otra forma del mal que la sordidez del retrete, con nuestro propio cuerpo desnudo y crispado, todo envilecido de patio sucio, fritanga, radio agria y colector. Pero había un mal selecto, una manera elegante de pecar, entre biombos y gladiolos, que era la de Dorian Gray.

Dorian Gray era un Freddie Bartholomew crecido,

logrado, madurado, que, superada la paternidad amistosa y noble de Spencer Tracy, se lanzaba a triunfar entre mujeres bienolientes, sabias y ojerosas. Queríamos ser el pecador más perverso y decadente del cine, en respuesta a todo el reino del bien, a todos los primeros domingos eucarísticos de nuestra infancia, y teníamos las rodillas sucias, el jersey viejo, el pelo al cero, por lo del piojo verde y otras enfermedades de posguerra.

El cine nos dio la medida de nuestra miseria. Nos dio la medida de nuestra vida, de todo lo que no éramos. Gilda podía enamorarse de Glenn Ford, el hombre de la corbata a rayas verticales, porque Glenn Ford le daba bofetadas y tenía una seguridad masculina que a nosotros nos faltaba en nuestros cuerpos impúberes y desnutridos.

Cary Grant era otra cosa. Cary Grant era elegante, desenvuelto, podía conducir un automóvil, dar un puñetazo, preparar un whisky, coger a una mujer por la cintura, cantar un poquito, incluso, o empuñar una pistola automática. Era Míster Lucky y el golfo simpático de *Es mi hombre*.

Un Dorian Gray puesto al día. El hombre de mundo, el triunfador desenvuelto, el tipo seguro y libre que iba por la vida besando mujeres y dando réplicas ingeniosas a los hombres. Enamoraba a Ingrid Bergman en *Encadenados*, se la robaba a Claude Rains, usaba unas chaquetas de cuadros con hombreras agresivas, tomaba y dejaba a Katharine Hepburn en *Historias de Filadelfia*, hacía sonar el piano romántico de Cole Porter en *Noche y día*, aquella música de un sentimentalismo de casa de discos, la biografía en tecnicolor del Chopin de grandes almacenes que fue Cole Porter. Cary Grant, el cínico simpático o el reportero dinámico y violento, según y cómo. Llovía el celuloide de Hollywood en las tardes tristes de los años cuarenta, la risa de Doris Day, los ojos de Heddy Lamarr, *Laura*, Dana Andrews, Gene Tierney, Tyrone Power, *El hijo de la Furia*, Virginia Mayo, la belleza rubia, la repostería del sexo, Claudette Colbert, la fea simpática, la belleza sureña, intensa, de Linda Darnell, siempre abundante sobre su corpiño, el romanticismo de Loretta Young.

El cine, el cine, Humphrey Bogart en *Casablanca*, aquella gabardina con tanta biografía, el cuello subido, los ojos enlagunados de historias, el cigarrillo quemado por el paso del tiempo. Ingrid Bergman, gaviota en Casablanca, enamorada del hombre de cabaret. Salíamos del cine con los ojos arrasados en lágrimas. Queríamos vivir aquellos grandes amores. El cine nos daba la dimensión de la vida. Una sensación de exilio. Había historias de amor y sangre en los grandes casinos del mundo, pero nosotros estábamos excluidos de todo eso.

Amar a Irene Dunne, a Loretta Young, a Jennifer Jones, a aquellas mujeres que cobraban en la pantalla una carnosidad gris y densa, que tenían unas bocas submarinas, unos ojos astrales, unos senos planetarios que las mujeres no tienen nunca por la calle. La sexualidad del cine no encuentra correspondencia en la vida. Esos labios gigantes que musitan o besan, esos labios de mujer que llenan la pantalla, no son ya una boca humana. El gigantismo del cine, sus primeros planos, hacían de la mujer un bosque, una galaxia, algo denso y penetrable, cálido e inmenso, un regazo sideral y femenino en el que nos entredormíamos los niños de la guerra, en el domingo sin dinero, para olvidar la calle, la escuela, el miedo, el hambre, el frío, la tristeza, el hogar, la soledad, la lluvia.

Como el perfume acre de los primeros tebeos, *Juan Centella*, *El Hombre Enmascarado*, *Jorge y Fernando*, un mundo de tinta china, unas selvas de offset y tipografía que olían a tinta impresa y a papel.

Los primeros tebeos, las primeras novelas, todo aquello tenía un olor al hojearlo, y nada crea un mundo cerrado, un clima, como un olor. Las aventuras de La Sombra, de Pete Rice, del Coyote, de Bill Barnes, de Doc Savage, de aquellos hombres audaces de la Editorial Molino o de la Biblioteca Oro, las aventuras de Juan Centella o del Hombre Enmascarado nos persuadían por el olor. El olor las hacía verídicas, ahora podemos comprenderlo. Aquellos cuadernos, aquellos libros olían a tinta impresa, a papel impreso, y ese olor nuevo para nosotros, que no era el olor soso de los libros de texto; ese olor reciente del tebeo de la semana, *Cuto* en el *Chicos*, era una sensación nueva y turbadora, el efluvio violento y agrio de un mundo de aventuras, selvas, poblados, caballos, barrios bajos y hampa, que tenía que estar forzosamente en alguna parte.

El cine, las novelas con dibujos o sin dibujos, la verdadera existencia heroica e inesperada para la que habíamos nacido. Lo otro, la vida de todos los días, la escuela y el hogar, los recados y los juegos, no eran sino un paréntesis, una espera, un limbo de los tontos del que no dudábamos en salir un día hacia nuestro destino brillante y violento de héroes.

Había mucha escasez de viviendas porque, aunque murió mucha gente en la guerra, también fueron bombardeadas muchas casas, de modo que vivíamos varias familias en un mismo piso. Después de la guerra, después de la muerte de un millón de españoles, el país no parecía despoblado, ni mucho menos, sino todo lo contrario.

Se diría que había en España más gente que nunca. Los trenes estaban llenos, las calles, los cafés, las casas. ¿Qué había pasado? No cabíamos en el país. Y es que la gente, después de la guerra, ya no se estaba quieta en sus casas, vivía la inercia itinerante de aquellos tres años. No resultaba tan fácil volver a meterse en el cuarto de estar, al arrimo de la mesa camilla, como si no hubiese pasado nada. Queríamos salir, vivir, estar en la calle, seguir en aquel clima de provisionalidad, de alegría fatalista que había creado la guerra. Costaba trabajo volver a la rutina triste de la paz, de una paz como aquélla, sobre todo, tan escasa y con tan poco carbón para el brasero. Lo cierto era que no había casas para todo el mundo y entonces vinieron los realquilados.

Los realquilados podían ser una familia que había salvado la vida en la zona roja, siendo como eran, de derechas de siempre, y a lo mejor el padre era mecánico y montaba en el comedor su tallercito, para volver a trabajar, o había estado de aviador con los alemanes, y la madre, la esposa, vestía de marrón, siempre de marrón, con el mismo retal del que había hecho los abriguitos a las niñas, y era una señora sin dientes, porque los había perdido todos en la guerra. «Una infección de las encías, dijo el médico, y estuve a punto de quedarme calva.»

Entonces, todo el mundo, en la casa, se llenaba de aprensión, y decían que si ella hubiese explicado antes lo de las encías no habríamos tomado nunca a aquella familia, que se podía tomar otra, familias era lo que sobraba, realquilados no iban a faltarnos.

Había que tener mucho cuidado para no beber en los mismos vasos de aquella mujer, ni probar las pizquitas de comida que ella ofrecía de su plato, a la hora del almuerzo, por quedar bien. Pero esto sólo era al principio, pues luego se acostumbraba la gente en seguida a la infección de la realquilada, a sus encías en descomposición, y ya nadie cuidaba nada y todo el mundo usaba todos los vasos y metía la mano en el plato de los demás, porque no estaban los tiempos para andarse con bromas.

Los realquilados eran como unos parientes raros que le salían de pronto a una familia. Alguien con quien había que tener intimidad, por patriotismo y por el dinero de fin de mes. Pero se veía en seguida lo mal que casa una familia con otra, y las dos razas no llegaban a mezclarse nunca, y sólo en alguna comedia de costumbres de la época, en el teatro, se veía al hijo de la casa enamorándose de la hija de los realquilados, que le cantaba cosas de Conchita Piquer cuando los dos se quedaban solos, cosa rara, en el cuarto de estar, que era tierra de nadie.

Situación teatral absolutamente falsa, pues en la realidad no había un solo momento del día ni de la noche en que el cuarto de estar se quedase vacío para una pareja de enamorados. En el cuarto de estar coincidían siempre las dos familias, que en realidad necesitaban verse y tocarse, reñir entre sí, y los niños llevaban allí sus libros de texto, las señoras sus labores, y los hombres de la casa su maquinilla de hacer cigarrillos.

Ellos se llevaban mejor que ellas, los hombres de ambas familias se contaban entre sí cosas de la guerra, la guerra entera, los frentes donde habían estado, y hacían esfuerzos y concesiones geográficas y estratégicas por aproximarse en el pasado, por forzar la casualidad de que estuvieron codo con codo, o frente a frente, en el Jarama o en Brunete. Estaban nostálgicos de la guerra, porque la guerra había sido atroz, pero esto de pasarse el día en el cuarto de estar, con una docena de niños propios y ajenos, liando la picadura con la maquinilla, era el destino triste de unos héroes cansados. Qué tiempos.

Los realquilados eran muy finos, al principio, y todo les parecía muy bien, y la señora de la casa les hacía laborcitas a los niños de la realquilada, y ésta les hacía laborcitas a los niños de la casa. Pero luego empezaban las riñas, las sisas, los follones, y las mujeres se decían cosas desagradables, los hombres montaban sus maquinitas de liar cigarrillos en extremos opuestos de la mesa del comedor, como si montasen ametralladoras, y los niños se peleaban abiertamente, a muerte.

Entonces se vio que los españoles no hemos nacido para vivir en comunidad y que cada familia es un mundo. Pero los niños de la posguerra tuvimos esta experiencia de convivir con una familia extraña, con unos parientes postizos a los que no queríamos nada, y de quienes sabíamos, sin embargo, lo que comían, la ropa que se ponían por dentro, las canciones que les gustaban y los hijos que se les habían muerto. Cada familia tiene su olor. No hay nada que defina a una familia como un olor. El olor es el hogar, y en la casa donde había realquilados pugnaba el olor a naftalina de una familia con el olor a potaje de la otra.

El general Charles de Gaulle, que por entonces era un militar larguirucho con un bigotillo triste, diría mucho más tarde, siendo emperador de la Francia, que no era posible gobernar a un país que tiene tanta variedad de quesos. Igualmente pudiéramos haber dicho nosotros, de España, que no es posible gobernar a un país que tiene tanta variedad de olores. Porque los ingleses huelen todos a impermeable, y los franceses huelen siempre a ropa interior de señora, y los alemanes huelen a cazadora de cuero. Pero en España no. En España cada familia, por no decir cada individuo, huele a una cosa distinta, y el problema de los realquilados fue, ante todo, el problema de la guerra civil de los olores.

Porque ocurría que a una familia acababa haciéndosele insoportable el olor de la otra familia. Ellos creían que no. Ellos creían que era una cosa de costumbres, de acentos regionales, de comidas u horarios. Pero no. Era todo una cuestión de olores. Aquella gente se llevaba bien, habían pasado las mismas penalidades en la guerra, podían contar las mismas cosas, eran igualmente víctimas de una calamidad histórica que alguien había improvisado para ellos. Pero estaba el olor. Toda posible comprensión la mataba el olor. El olor de los recién llegados, de los realquilados con derecho a cocina, que al principio podía resultar exótico, o pasar inadvertido, con el tiempo se iba haciendo impregnante, mareante, insoportable, y uno iba a coger el abrigo del armario y el abrigo le olía extraño, a aquella otra familia, y uno se iba a meter en la cama y las sábanas olían al aceite que usaba aquella otra familia para freír la pescadilla. De modo que la guerra de los realquilados fue la guerra de los olores, y estuvo a punto de haber otra guerra civil, recién terminada la de los tres años, por culpa de los olores.

Hasta que un día los realquilados se iban, violentamente o calladamente, expulsados, aburridos, a convivir con otra familia, y entonces nos quedábamos en nuestra casa, con nuestros muebles, nuestra pobreza, nuestras estampas, nuestros Sagrados Corazones de Jesús y de María, nuestros antepasados, nuestros apellidos y nuestro olor.

Los domingos de los años cuarenta eran unos domingos muy largos, muy tristes, con lluvia y cine malo. El domingo por la mañana nos quedábamos en la cama un ratito más, sin ir al colegio, o nos hacían madrugar para ir a la iglesia a confesar y comulgar. También podía suceder que hubiésemos confesado el día anterior, en la tarde del sábado, y entonces nos despertábamos, el domingo por la mañana, sobresaltados, temiendo haber pecado durante la noche, en sueños, o haber bebido agua, o haber dado una mala contestación.

Habían pasado muchas horas desde la confesión y no era seguro que la gracia de la absolución permaneciese todavía impoluta en nosotros. A lo mejor íbamos a comulgar en pecado, con lo cual ese pecadillo, seguramente pequeño, se iba a convertir en grave, en pecado mortal, porque la culpa tiene una dialéctica muy particular y siempre progresiva. La culpa es siempre mayor que el culpable, puede más que él, le envuelve, y el niño que no ha querido comerse la sopa puede acabar sintiéndose un endriago de los infiernos, porque su inapetencia ha hecho llorar a la abuelita.

Si uno pensaba mucho en su pecado —cualquier pecado, una distracción o una patada—, la culpa se iba haciendo muy grande sólo por pensar en ella. Si uno lo dejaba estar, un día nos lo recordaba alguien —el padre, la madre, el confesor, el maestro— y ocurría que la culpa olvidada había crecido en nuestro pecho débil como una planta monstruosa y letal. De modo que el domingo, que era el día del Señor, era también, por eso mismo, un día muy delicado en el que uno acababa sintiéndose en pecado mortal por una u otra razón.

Había vergüenza del propio cuerpo bajo el cuadro de la Virgen del Carmen, que bajaba a la orilla de las llamas del Purgatorio y acercaba a ellas un pie con ademán que nos recordaba un poco el de la bañista que se acerca a la orilla del agua y mete un dedo del pie en la ola. Los bañistas del Purgatorio, aquellos nadadores del oleaje de las llamas, desnudos ellos y ellas para que fuese más escarnecedor su pecado, sacaban medio cuerpo de la marea alta del fuego y miraban hacia arriba. Eran los suyos unos cuerpos un poco tumefactos, oscuros, y las mujeres tenían unos largos cabellos como víboras arracimadas. Esto nos hacía feo y temible el desnudo del cuerpo, de modo que lavábamos y vestíamos en seguida nuestros propios cuerpos y gozábamos esa sensación confortable de la muda de la semana, la camiseta limpia, el calzoncillo cosido, la camisa recién planchada, los zapatos encharolados por encima de sus parches. Todo este confort remedado y dominical nos daba por fin una primera sensación de seguridad, de limpieza de alma, porque no hay nada que dé tanta tranquilidad de conciencia como una camiseta limpia y unos zapatos relucientes.

El domingo era para ir a misa, sobre todo, y el campaneo de la parroquia llegaba a través de los patios y de las ventanas hasta nuestros retretes, y entonces nos reuníamos en la calle con otros chicos que también venían limpios, planchados, nuevos, y que va no eran los enemigos sucios y rojos de la tarde anterior. Hacíamos las paces unos con otros semanalmente, dominicalmente, de una manera tácita, y nos íbamos juntos a la iglesia. Pero la gente mayor tenía un olor mareante a misal, a naftalina, a alcanfor, y estar entre ellos, en los bancos de la iglesia, era como estar perdido en un bosque de cipreses. Cada vez que la masa devota se removía, se arrodillaba, se ponía en pie o se sentaba, corría por la iglesia un olor de suciedad y de colonia, un aura de brillantina, abrótano macho, tabaco rancio, orín, lilas e incienso.

Lo pasaba uno muy mal entre toda aquella gente, entre sus libros, sus brillos, sus pliegues, sus charoles, su quiero y no puedo, sus lutos y sus bisbiseos. Al cura apenas lo veíamos. Siempre había gente delante que nos lo tapaba. Al que sí veíamos muy bien era al predicador, que se subía al púlpito y nos hacía un sermón breve sobre el evangelio del día. En el evangelio había unas imágenes de pájaros, cebada, campos, agua de pozo y cielo que no dejaban de encandilarnos, pero todo aquello, que en sí había sido bonito y dominical, y que veíamos muy bien como un reflejo en el pasado con sol de nuestros propios paseos a la orilla del río, de nuestras excursiones al campo, en verano, todo aquello, digo, luego quedaba olvidado, convertido en símbolo, amenaza o miseria, en el desarrollo del sermón. Había niños a los que nunca nos habían gustado ni iban a gustarnos los símbolos. Queríamos que un árbol fuese un árbol y que un pan fuese un pan, hermosos en sí mismos, valederos, reales, y el árbol se nos quedaba sin verdor y el pan sin sabor cuando el cura, o el maestro, o los libros, más tarde, querían persuadirnos de que el árbol era el símbolo de otra cosa, quizá de una cosa más excelsa, sí, pero que a nosotros no nos servía, no nos sirve, no nos ha servido nunca, porque el segundo sentido de las cosas no deja de traicionar siempre al primero, y ya es feo que las cosas tengan un segundo sentido.

El árbol es hermoso con sus ramas y sus pájaros y sus hojas. Cualquier simbolismo que se haga con el árbol, se hace siempre a costa de cargarse el árbol, a costa de talarlo para sacar de él leña de conceptos. Aunque la teoría sea muy bonita, uno piensa, al final, que le gustaba más el árbol. Yo quería mi árbol y nada más.

Los poetas, los predicadores y los filósofos han venido a ensuciar la naturaleza con sus alegorías, con sus símbolos, y de un pájaro han hecho un alma y de un árbol una vida. El utilizar la naturaleza como ejemplo moral es un fraude, es un atentado contra la naturaleza que debiera estar prohibido. Todas estas cosas las pensábamos nosotros, un poco más confusamente, durante la misa y el sermón. Pero todavía tardaríamos mucho tiempo en decidir, en optar por los árboles y los pájaros sin moraleja, sin trasfondo. La moral tiene que hacérsela el hombre, él es su propia moral, y apelar a los ríos y los bosques para poner ejemplos es un recurso imaginativo de falta de imaginación.

Cuando hubimos optado por los árboles, despreciando el simbolismo del árbol, ya no nos sentábamos entre la gente, entre sus olores y sus respiraciones sucias, sino que subíamos al coro, en grupo, por unas escaleras anchas y frías, y allí estábamos con unos cuantos señores mayores, cerca del organista, que se pasaba la misa haciendo solitarios con una baraja, hasta que llegaba su momento. Un día se generalizó lo de la baraja y los señores organizaron una partida que duraba la media hora de la misa.

Los chicos mirábamos en silencio, o veíamos la iglesia desde allá arriba, asomados a la barandilla del coro, y lo dominábamos todo, la gente, los curas, los monaguillos, las imágenes, incluso las grandes lámparas que colgaban del techo. Nos habíamos liberado. Allí no llegaba el olor de la gente. El predicador se quedaba pequeño, ya no nos asustaba. Hablábamos de nuestras cosas y aquellos señores sacrílegos y el organista-sacristán nos dejaban echar un trago de la bota de vino que sacaban de debajo del órgano. Después de aquella misa pagana, el domingo empezaba para nosotros libre y pecador, sin dinero.

Corríamos por las calles, jugábamos a cosas, perseguíamos a las chicas, íbamos a la puerta del cine y del fútbol, para ver entrar y salir a la gente. Acabábamos el día rendidos de calle, de libertad y de hambre. Hasta otro domingo.

Nunca nos habíamos sentido cómodos dentro de nuestra ropa de Auxilio Social, dentro de los pantalones y las blusas heredados de algún primo lejano, de algún niño con mejor fortuna que nosotros.

Lo que mejor nos daba la medida de nuestra humildad era la ropa. Había niños que se vestían de blanco —entonces era de muy buen gusto vestir a los niños de blanco— para montar en bicicleta, para montar a caballo o para jugar al tenis. Había niños que se vestían de blanco para todo, como si estuvieran haciendo siempre la primera comunión. Aquellas camisas blancas, aquellos pantalones blancos, ni cortos ni largos, tan elegantes, aquellos calcetines blancos y estirados, aquellas sandalias blancas que una criada o una madre habían limpiado con blanco España. Pero nosotros no.

Si alguna vez tratábamos o trataba nuestra familia de vestirnos de blanco, nada más salir a la calle advertíamos que el nuestro era un blanco sucio, un blanco pobre, que quedaba deslucido junto al blanco resplandeciente de aquellos otros niños. Mucho tiempo después, cuando ya nos daba igual, leeríamos el «Pareces un niño rico», de Juan Ramón Jiménez, que explica muy bien cómo no hay cosa más triste que un niño pobre vestido de niño rico.

Cuando hacíamos amistad con alguno de aquellos chicos de blanco, al principio estábamos como muy orgullosos, pero luego empezábamos a avergonzarnos de nuestra ropa, de nuestras rodillas sucias, que no sabíamos si él veía o no veía, y acabábamos por renunciar. Preferíamos hacernos los locos, por la calle, cuando le veíamos, y volver con los nuestros.

No era fácil vestir de blanco. Hacía falta tener detrás toda una legión de lavanderas, planchadoras, blanqueadoras, mujeres que le tuvieran a uno al día la ropa blanca. Nuestros jerséis oscuros, nuestras camisas grises o azules, nuestros pantalones turbios no requerían tantos cuidados. Comprarse un pantalón blanco no era demasiado caro. Lo caro era mantenerlo blanco. Parece una tontería, pero unas sandalias blancas que hayan de estar blancas todos los días, a toda hora, son una cosa muy sacrificada que requiere el trabajo y la atención de muchas manos femeninas.

Lo blanco no es ninguna tontería.

Los niños ricos iban de blanco. Pero nosotros sabíamos distinguir ya perfectamente el blanco impoluto y caro, del chico realmente bien, del blanco gastado y recosido de las familias cursis del quiero y no puedo, que tenían que llevar al niño de blanco por encima de todo. Nosotros acabábamos volviendo siempre a nuestra ropa gris, arrugada y sucia. Estábamos más cómodos dentro de ella, dentro de la ropa de la resignación, porque la resignación es una forma última y menor de la libertad. Pasaban los niños de blanco con el alma almidonada. ¿Cómo no iban a ser buenos aquellos niños?

Pero nosotros tampoco éramos las fieras revueltas y diminutas de los arrabales, los barrios de chabolas y la carretera del cementerio. No. Aquellos chicos también debían ser libres entre el barro, las ratas y los borrachos. Tenían fuerza, piedras, palabras muy gordas y ningún miedo a nada. Nosotros no éramos lo uno ni lo otro. Éramos niños de unas pobres familias pretenciosas que no ocultaban su pobreza, pero que querían llevarla con dignidad.

Nuestras tías y nuestras madres nos hacían la ropa. Cosían en sus viejas máquinas Singer, le daban desde por la mañana hasta por la noche a aquel pedal agotador, y había en la cocina, en el cuarto de la costura, un rumor pesado y desigual, ligero y pobretón, de máquina de coser, por sobre el cual corría la cancioncilla, el cuplé, la zarzuela que cantaban siempre aquellas costureras familiares.

Nos probaban muchas veces los abrigos, los pantalones, hechos siempre con retazos de otros abrigos y otros pantalones de la familia, o de otra familia, y la prenda nacía ya vieja, y era muy incómodo estarse quieto, no rascarse una rodilla, que picaba tanto, mientras nos pinchaban con alfileres, nos hilvanaban el corazón, nos tomaban medida con un metro de hule, amarillo y muy sobado, que se enrollaba y se desenrollaba como una culebra vieja, amaestrada y aburrida.

—Este niño tiene el hormiguillo en el cuerpo.

Teníamos el hormiguillo en el cuerpo y no nos estábamos quietos durante la prueba, porque queríamos salir a la calle a seguir tirando piedras y no nos importaba nada aquel abrigo a medio hacer, que sabíamos ya, confusamente, que nunca iba a ser un abrigo brillante, ostentoso, y que no iba a tener la cuadratura y la solidez de los abrigos que hacían los sastres. A nuestras tías y nuestras madres les quedaban unos abrigos blandos, sin dureza en las hombreras, sin vuelo en las solapas, unos harapos replanchados que no nos gustaba nada ponernos. Pero la máquina Singer seguía su ruta, rodaba y rodaba, hacía su camino, era el motorcito del hogar, el motorcito de toda aquella pobreza, y a veces nuestras tías y nuestras madres cosían para fuera, le hacían cosas a la señora del coronel, para que entrase un dinero en casa. Así íbamos tirando, supongo.

Odiábamos las pruebas, aquella ropa, la máquina de coser, con su olor a aceite pesado, y las zarzuelas que cantaban las mujeres cuando se sentaban a la máquina. Hace tiempo que vengo al taller y no sé a lo que vengo, decían en *La del manojo de rosas*, me parece. O aquello otro. Cuánto tiempo sin verte, Luisa Fernanda, desde el último día, si no me engaño. Qué asco. Me da mucho que pensar el hermano Rafael. O bien: Quién la dijera que el soldadito está en los brazos de otra mujer y que en sus bodas fueron las galas los entorchados de brigadier. El soldadito no la contesta cuando le escribe cartas de amor y está muy triste la pobrecita porque sospecha que se murió. Pero había que aguantar los alfileres, las pruebas, el soldadito, el hermano Rafael, la del manojo de rosas, y todas aquellas repipieces que decía Luisa Fernanda.

La zarzuela, los baúles de las revistas y los trapos y los cajones del aparador, llenos de postales antiguas, eran la prehistoria de la casa, el pasado de las mujeres de la familia, el perfume usado y viejo de su juventud. Vivíamos con una cierta repugnancia todo aquello, que no tenía nada que ver con nuestra vida, aunque la verdad era que tampoco teníamos otra.

A veces, la máquina de coser cosía hasta muy entrada la noche, y nos dormíamos oyendo desde la cama el arrullo sordo del pedal. De vez en cuando se rompía el hilo, se cortaba el cable, pasaba algo, y entonces la costurera maldecía, se arrodillaba en el suelo para arreglar la avería, decía cosas horribles contra nosotros, contra toda la familia, y estábamos temblando por dentro, deseando que el cable volviera a unirse, que el rumor de la máquina y el sonsonete de la zarzuela volvieran a correr ligeros, porque eran odiosos, pero, al fin y al cabo, eran la paz.

Por fin, al cabo de los días y de las noches, teníamos un abrigo que decían flamante, con olor a plancha, que incluso nos hacía un poco de ilusión. O teníamos un pantalón largo que nos hacía un poco hombres. Pero sabíamos bien dónde tenía aquel pantalón nuevo los zurcidos, los recosidos, las junturas, la trampa. Y esto nos quitaba seguridad, como si todo el mundo lo estuviera viendo. Tardamos muchos años en estrenar ropa de la tienda.

Las señoritas, después de la guerra, eran de Sección Femenina o topolino. La chica topolino era una señorita que se ponía turbantes y zapatos altos, de cuña, con mucho corcho por debajo, que le hacía unos andares en equilibrio, graciosos y provocadores. Aquellos zapatos tenían la punta cortada y dejaban asomar el dedo gordo del pie, con la uña pintada de rojo. Los glosadores musicales de la actualidad lo decían así. El dedo gordo del pie, por la punta del zapato feo y chato se te ve, que se te ve, que se te ve.

El que se te ve, que se te ve, era una sugerencia, una indecencia. Realmente, las chicas topolino fueron la primera contestación femenina a una feminidad más austera, más isabelina y más decorosa de sus dedos gordos. Había unos coches pequeños, feos y corretones que se llamaban topolinos, y que fueron los primeros utilitarios de posguerra, y seguramente a las chicas topolino empezamos a llamarlas así porque se las veía mucho en los coches topolino, no conduciendo ellas, que esto, por entonces, habría sido orgiástico, sino dejándose llevar y traer por los señores del topolino.

La chica del topolino, la niña topolino tenía algo de Diana Durbin, algo de extranjerizante en aquella España que quería ser muy española. Chaparrita la divina, la que iba por las mañanas al templo para llorar, se había comprado un turbante, unos zapatos altos, un vestido ajustado con pliegues transversales desde la cintura y un broche para el escote. Las chicas topolino fueron un esbozo de la mujer emancipada que vendría después, trabajosamente.

Jean-Paul Sartre aún no había pasado de sus cafés de clases pasivas y sus escuelas normales a los laberintos existencialistas de Saint-Germain. Simone de Beauvoir, que se retrató mucho con turbante, era quizá una chica topolino a la francesa, y ella ha contado cómo a Sartre le suspendían en los ejercicios escritos, para escarnio de la docencia gala, que en esto de ver venir a los genios suele ser tan lerda como la española y la de todas partes, sobre poco más o menos. Cuando la pluma mágica y lúcida de Sartre pudo darle forma al descontento, norma a la náusea, argumento a la nada, tenía ya a su lado a aquella señorita con turbante que se llamaba Simone, y que liberó de sí misma a la mujer objeto, el excipiente inevitable de sexo festivo que pudiera haber en ella, poniéndole a ese excipiente el nombre de Julieta, amante romántica, y el apellido del Greco, pintor hispano-cretense. En París había una juventud que se llamaba a sí misma existencialista, que más o menos había leído por encima a Heidegger y al propio Sartre, pero en España estábamos todavía en la chica topolino. La chica topolino era heredera de las señoritas jamón de antes de la guerra, las que bailaron el charlestón, jugaron al tenis y se besaron con sus novios formales a la luz incierta de las películas mudas. Pero la chica topolino tenía de alguna manera, frente a la feminidad sublimizada, desexualizada, regimentada, del país que había triunfado de sí mismo, un algo de contestación, de extranjerismo, de novedad.

Ya no era la niña jamón, pero tampoco era todavía la existencialista desmelenada que luego había de parir beatniks líricos y andariegos, hippies místicos y estáticos. La chica topolino era tan sólo una intuición de todo eso, y a nosotros nos caía bien, porque veíamos en sus turbantes, en sus grandes gafas negras, en sus bocas rojas y anchas, en sus andares, una cosa desafiante y cachonda que se escapaba de los medievalismos y los agustinoaragonismos en auge.

La familia a la que le salía una chica topolino, ya tenía bastante cruz.

No estaban bien vistas las niñas topolino. Las chicas topolino eran las hermanas menores de las madrinas de guerra y de las enfermeras que habían estado en el frente. Las chicas topolino eran unas niñas cuando todo aquello y no habían tenido tiempo de hacerse madrinas de guerra o enfermeras de sangre, de modo que crecieron en un momento que ya no era heroico, sino sencillamente triunfalista. No había que confundir, por otra parte, a la chica topolino con la querida.

La querida, un poco mayor que la chica topolino, procuraba guardar mucho las formas, por lo mismo que tenía mala conciencia, y cuando se soltaba el pelo era más por lo tradicional, con mucha permanente, abrigo de pieles y medias negras. La querida estaba en una línea más española. La chica topolino, un poco más joven que la querida, ya está dicho, quizá su hermana menor, empezaba a ver películas americanas y leía mucho el *Primer Plano* y *La Codorniz*, fijándose en cómo vestían las artistas de Hollywood y aprendiendo de *La Codorniz* lo desternillantes que eran los hombres y las mujeres, lo desternillante que era la vida, porque *La Codorniz*, por entonces, ya que no le dejaban hacer otra cosa, seguía la vieja tradición española y quevedesca de sacarle la lengua al mundo, a la vida, a la muerte, a la humanidad en general.

Sacarle la lengua a la humanidad en general es un socorrido recurso para cuando uno no puede sacarles la lengua a unos señores en particular. La imposibilidad de la crítica directa y concreta deriva hacia el escepticismo universal y cósmico, al que luego llaman cinismo los de derechas y los de izquierdas, quizá con razón, pero que suele nacer, como decimos, de la imposibilidad de hacer otra cosa.

Así, las chicas topolino tomaron su ética de *La Codorniz*, donde se veía que nuestros mayores eran muy aburridos y hablaban siempre con refranes, y tomaron su estética del Primer Plano, que aunque era una revista oficial dirigida por un poeta oficial, Adriano del Valle, no dejaba de suministrar fotografías de lo que pasaba en Hollywood. Diana Durbin, en Hollywood, con sus turbantes, sus gafas negras, su boca grande y su falda por la rodilla, era toda una subversión frente a lo que alguien llamó el «salmantino luto» español.

Había que ser como Diana Durbin. Bien poca cosa, pero algo era algo. Las chicas topolino se iban con los señores del topolino a ver mundo, a comer cigalas y a darse unos besos larguísimos. Cuando mamá les decía algo, les hacía algún reproche, ellas resumían en muy pocas palabras su praxis:

—Yo, mamá, a lo positivo.

Lo positivo era andar por la calle, subir en coche, comer gambas, besarse un poco con los hombres y vivir la vida, enseñando de acá para allá el dedo gordo del pie, con su uña pintada y agresiva.

Aquellas señoritas, quizá sin saberlo, estaban de vuelta de la historia de España y no querían encerrarse en un castillo ni cosa por el estilo. Nuestras hermanas mayores fueron chicas topolino y de ellas aprendimos a buscar en el *Primer Plano* las películas americanas y a odiar las películas españolas, en las que siempre salían monjas, guerreros, niños, pastores, reinas, guardias y andaluces.

Nos parecía que se divertían mucho las chicas topolino y que de ellas era el mundo. Las veíamos alejarse a mediodía y a media tarde, del brazo de sus novios, o en aquellos coches topolino, hacia lejanos paraísos de gambas, música, aperitivos y cine.

El amargurismo nacional miraba con muy malos ojos a las chicas topolino, y decía de ellas cosas atroces, pero a nosotros nos gustaban sus grandes gafas de sol, sus bocas rojas y enormes, su risa de mujeres libres, sus escotes con el pico hacia un lado, sus pantorrillas, sus novelas de amor, sus revistas y su perfume, sobre todo su perfume.

La enfermedad de la posguerra fue el piojo verde. Cosas que traen las guerras, la suciedad, el no lavarse. A los chicos nos pelaban al cero, pues parece ser que el piojo verde hacía nido en la cabeza de los niños como la cigüeña en la torre de la iglesia. Una especie de coches celulares o ambulancias, o cosa así, corrían por las calles cazando a la gente casi a lazo, como los perreros cazan a los perros, para llevarse a no sé dónde a toda persona sucia, desaseada, con el pelo largo o con aspecto de pobre. Y claro, no daban de sí, pues casi todo el mundo tenía aspecto de pobre por entonces.

¿Qué aspecto querían que tuviésemos, después de tres años de guerra? Al paso de las ambulancias del piojo verde, la gente se escondía en las casas, en los portales, cerraba las ventanas, se iba corriendo por callejas sin tránsito rodado, para no ser cogida en la trampa de los enfermeros. A los niños nos pelaron al cero en nuestras casas, para evitar que nos llevase la ambulancia, y con nuestras cabezas frescas y pelonas andábamos como más seguros por la calle, las ideas claras y los pensamientos transparentes, aunque esto no nos evitó tener pústulas en el cuero cabelludo, en el pecho y en casi todo el cuerpo. Nuestras abuelas nos curaban con paños calientes.

Luego aprendimos en los tebeos que los pequeños héroes tenían todos el pelo más bien largo, rizado o despeinado, en mechones, y ya no nos gustaba nada que nos rapase el peluquero o que nos rapase la abuela, en la cocina, con las tijeras del pescado. Pero la enfermedad terrible de aquellos años fue la tuberculosis. Lo del piojo verde pasó pronto, pero la tuberculosis todavía dura, a pesar de los antibióticos.

La tuberculosis era lo que antaño se llamaba la tisis, una enfermedad romántica que en España había tenido incluso el rey, don Alfonso XII, y también poetas como Gustavo Adolfo Bécquer. Lo peor que se le podía llamar a un señor, después de la guerra, era rojo o tísico.

Las señoras gordas que se lucraban de una administración de lotería o de un estanco, preferían decirle tío rojo al caballero que no se santiguaba al salir de casa, o que decía que quienes tenían que ganar la guerra eran los aliados. Las niñas bien de las monjas le llamaban tísico al chico de la portera en cuanto el chico de la portera les tiraba para arriba de la falda, para verles las braguitas.

La verdad es que, estando como estaba el país, había más tísicos que rojos, y aunque ni unos ni otros eran confesos, la gente andaba con mucho ojo para que no se le metiese en casa, de realquilado, o de novio de la niña, un tísico o un rojo. La tisis venía del siglo XIX, pero la guerra, las escaseces, la promiscuidad y el hambre la habían recrudecido. En casi todas las casas había un tísico, un niño o un padre de familia en reposo, una víctima con infiltración hiliar, cavernas, hemoptisis, plastias y otras cosas estremecedoras. Los más influyentes conseguían una plaza en un sanatorio de la sierra e iban allí a morir dulcemente, frente a la grandiosidad velazqueña del Guadarrama, hollada aún por las zanjas, las trincheras, los agujeros de las bombas y la metralla. Pero era una muerte hermosa.

La niña de los ganglios inflamados o de la pequeña infiltración hiliar, era como una mariposa con las alas transparentes, y sus pulmoncitos, vistos en la radiografía, semejaban exactamente dos alas de mariposa heridas, caladas, leves. Nos enamorábamos mucho de aquella niña, que era la que nos contagiaba los bacilos. El fumador con cavernas en los pulmones era algo así como el bajo en la ópera de la tuberculosis, y él ponía la tos más grave en el aria de las toses. El escupidor de sangre andaba por las plazoletas, escupiendo de costado, para que no le viesen los vecinos, y luego, con el pie, echaba arena sobre el escupitajo rojo, para taparlo, pudoroso de su propia muerte.

Los plastiados iban por la vida con un pulmón de menos, encogidos como el que se ha abrochado mal el botón de la chaqueta y queda todo él ladeado. El país estaba apestado de tuberculosis. Aquello era casi peor que la guerra. Pero la niña hacía reposo, se ponía gordita y a lo mejor salvaba la vida. Los ricos se curaban la tuberculosis con jamón y los pobres se la curaban con misas y cementerio.

Ya se había descubierto que el sol no era bueno para la tisis. Antes de la guerra, los médicos creían que aquello se curaba con sol, y achicharraban a la gente los pulmones, y era cuando las señoritas se ponían al sol, en los grandes hoteles de Suiza, con lo cual se les quedaban unos pechos muy morenos y atractivos. Ellas creían que se estaban curando los pulmones, pero realmente se estaban curando los pechos, que ya los tenían muy curados, y se los miraban complacidas, porque los pulmones no podían mirárselos, pensando que aquello era mucha salud.

Mas resultaba que los pulmones, por dentro, se quedaban secos. Después de nuestra guerra, ya todo el mundo sabía que lo que hacía falta para la tuberculosis era aire puro, reposo, ventilación, pero no sol. De modo que cada uno se iba adonde podía a respirar aire fresco, y así y todo se moría mucha gente, pues no bastaba con el aire puro y el jamón de York. Las víctimas de la tuberculosis fueron cayendo lentamente, silenciosamente, en las familias, como combatientes tardíos de una guerra ya hacía tiempo terminada. Pusieron un luto resignado sobre el luto violento de la guerra. Todavía no había florecido en los hongos del bosque científico la nieve ilesa de la estreptomicina.

Eran especialmente sensibles a la tuberculosis las señoritas que estudiaban piano, los dependientes de droguería, las mecanógrafas, los novios románticos de las prostitutas de clase y los carteros urbanos. El que se salvaba era a costa de ponerse muy gordo, y aquella gordura de los que habían estado en reposo era como una manera de hinchar el perro, y nadie se fiaba nada. «Es gordura de reposo», se decía. Y con esto quería decirse que no era natural, que no había que fiarse. Aquellos falsos gordos y aquellas falsas gordas del reposo tenían que ennoviarse entre sí, porque no les salía pareja.

A los niños nos llevaban de vez en cuando al médico, al hospital, al seguro, los padres o los maestros, para que nos mirasen por rayos. Había que quitarse la camiseta recosida y quedarse con el escueto torso blanco y desnudo, y entonces el médico apagaba la luz del cuarto, y de algún sitio venía una luz roja. El médico parecía un buzo, con sus grandes guantes de goma y sus gafas de submarinista, y nuestros pulmones eran los dos peces solitarios, las dos plantas subacuáticas que palpitaban en el acuario de la pantalla iluminada. Teníamos que respirar hondo, y todo esto nos recordaba las inmersiones en el río, debajo del agua. Era, sí, como una aventura submarina, lo de los rayos equis.

Luego, cuando el buzo se había cansado de perseguir con sus gafas mortíferas la natación y la palpitación de nuestras dos aletas interiores, le decía a la enfermera que encendiese la luz, y allí nos quedábamos, a la luz del día, desnudos delante de aquella señorita y de nuestra madre, temblorosos. El buzo se quitaba las gafas y los guantes. Se sentaba en su mesa y escribía cosas en un papel, mientras nosotros luchábamos con nuestros tirantes, nuestros cinturones y nuestra camiseta, asistidos por la joven enfermera, de la que nos enamorábamos instantánea y fugazmente sin que ella lo supiese. «Un poco de reposo, unas vitaminas, unas inyecciones y que tome el aire.» Estábamos un poco pachuchos, pero sólo un poco, y bastaba con jugar menos al fútbol, leer más libros, salir al campo con más frecuencia y tomarse un huevecito todas las noches, pasado por agua, que era cosa que no nos sabía nada mal.

Pasamos el frente de la tuberculosis, los niños de la

guerra, y algunos se quedaron en el campo de batalla, en la camita blanca del sanatorio, en la alcoba azul de su casa, y los llevamos a enterrar con mucha condolencia, con mucha admiración, como a primeros de la clase en la terrible asignatura de la tuberculosis, en la que realmente estábamos todos matriculados. Era una cuestión de tiempo. Aquellos niños habían aprobado antes la asignatura y se iban al cementerio a pasar las vacaciones, como otros a Navacerrada.

Nosotros, los niños de la guerra, no llevábamos las cicatrices por fuera, en la piel, como Alfredo Mayo y los miles de Alfredos Mayo que llenaban el país, sino que las llevábamos por dentro, en los pulmones recosidos. A unos cuantos nos salvó la suerte, no se sabe muy bien para qué.

En nuestras pequeñas ciudades, como en toda España, había muchos entierros. Dicen que España es país de grandes entierros. Si el entierro era importante, venía anunciado por la mañana en el periódico, y los chicos nos íbamos a la hora prevista delante de la casa del muerto, para ver cómo le traían las coronas, las tarjetas, las firmas y, sobre todo, para ver el negro coche de caballos, con sus plumeros y sus conductores vestidos a la federica, decían, sin que nosotros supiésemos muy bien qué era eso de la federica.

Quizá hubo algún rey importante que se llamaba Federico y que vestía así, de conductor de coche fúnebre, con sombrero como el de Napoleón, pero más emplumerado (como Napoleón en domingo, vamos), levita y calzas. Aquellos señores de las pompas fúnebres quedaban muy bien subidos en el pescante de su coche, con las riendas del caballo en la mano, pero como el muerto se hacía esperar (los muertos, ya se sabe, siempre se hacen esperar, es una inercia que les queda de cuando vivos), pues el tío a la federica se bajaba del pescante, daba un paseíto, echaba un pito con los del ataúd, que iban con sus monos de carpinteros y una gorra de plato como todo protocolo, y entonces se veía que el Napoleón de los muertos no era más que un hortelano, un sepulturero, un labrantín de cementerio vestido de carnaval, y de los volantes de las mangas le salían unas manos de obrero y las pantorrillas cortas y musculosas le hacían bultos y deformidades dentro de las medias moradas. Pero el entierro era un espectáculo.

Los caballos, con sus plumeros y sus arreos negros, eran unos caballos que daban un poco de miedo, los caballos de la muerte, los que se iban a llevar al muerto, en aquella tartana ilustre, a las traseras de la vida. Pero mirados de cerca tampoco eran otra cosa que caballos, como el del carro del lechero, y si el muerto se hacía esperar, ellos echaban una larga meada que dejaba la calle regada, fresca, olorosa a cerveza, y este olor alegre de la meada del caballo venía a quitarle sentido y protocolo a todos aquellos lutos, y no se comprendía cómo en un entierro podía oler tan intensamente a vida, a establo, a campo, a caballo, a cerveza, a salud.

Había muchos señores importantes, automóviles negros, taxis y mujeres enlutadas. Se llevaban al muerto despacio hasta la iglesia, y el canto de los curas por la calle, la cruz alzada, era una cosa que ponía muy devota la tarde y hacía arrodillarse incluso a los rojos, que alguno quedaba solapado, y también a los tísicos, aunque les costaba tanto trabajo y podía producirles una hemoptisis. Pero es que a los tísicos les gustaba ver la muerte, con esa cosa que tienen ellos de cuervos humanos, y se hacían los encontradizos con todos los grandes entierros, como diciéndose: «A ése me lo llevo por delante». La vida.

El entierro importante venía al día siguiente en el periódico, con fotos, y nosotros reconocíamos alguna cara, pero no salíamos nunca en aquellas fotografías, por más que nos habíamos arrimado a los deudos. Donde más se veían las distancias sociales era en los entierros, pues la gente se vestía muy bien para esa ópera negra, y en cambio los entierros de pobres estaban llenos de boinas, franjas de luto en las chaquetas grises y marrones, pañuelos con mocos, niños llorones y desconsoladas viudas que se agarraban con un grito a la reja de la ventana al momento de partir el coche, con un solo caballo y a lo mejor con un solo cura. Así como los ricos solían morirse el sábado por la tarde, para que les enterrasen el domingo, con mucha pompa y circunstancia, añadiendo al lujo de su muerte el lujo del domingo, y dejando una semana cerrada solemnemente, los pobres, en cambio, se morían cualquier día de la semana, a lo mejor un miércoles.

Los pobres se morían muy barato y la carroza no esperaba por ellos, sino que generalmente estaban ellos esperando por la carroza, con el ataúd en el portal, picados de las moscas, hasta que llegaba aquella diligencia de los muertos y se los llevaba al cementerio de cualquier manera.

Con menos frecuencia que los entierros, pero también con bastante frecuencia, se producían los desfiles, que eran decididamente una cosa alegre, donde no había que guardar las formas del luto ni santiguarse. En los desfiles se podía comer cacahuetes, decir vivas y pisar a las señoras. La muerte nos hace a todos más educados, pero el patriotismo de los desfiles nos hacía más ineducados, si cabe, y salvo ese momento de emoción en que pasaba la bandera, momento de lágrimas silenciosas en el rostro de la anciana señora, todo lo demás era muy alegre y los chicos veíamos la patria como un desfile. Los soldados, los caballos, las cornetas, los tanques, los cañones, la banda de música, todo venía con mucho brillo, como trayendo el sol en andas, y cuando pasaba el desfile se quedaba la calle como nublada. Las señoras a las que les habían matado el marido en la zona roja o en la zona nacional decían que para qué tantos desfiles y tantos cañones, pero la gente las miraba con lástima y prevención, pobre señora, no levanta cabeza desde lo del marido, se ha quedado como alelada, ya no le gustan los desfiles ni nada.

Gracias a los muchos desfiles tuvimos una idea de patria, y vimos pasar a los legionarios, a los guardias civiles, a los carabineros, a los requetés, a los de artillería, a los de infantería, a los de caballería (que eran los que daban una idea más ecuestre de la patria). Porque la noción de patria es, efectivamente, una noción ecuestre, una idea a caballo, un concepto que cabalga, y todos los generales, todas las estatuas y todos los héroes están a caballo en la historia. Por muy patriota que sea, un hombre no encarna la patria hasta que no se sube a un caballo.

Las procesiones eran una cosa a fecha fija, por Semana Santa, por el Corpus, por la Ascensión, y tenían algo de desfile y algo de entierro, toda la suntuosidad alegre del desfile y todo el misterio negro del entierro. Las procesiones mañaneras, como la del domingo de ramos, nos gustaban mucho a los niños de derechas y eran una maravillosa ocasión para ver pasar juntas, de una vez, a todas las colegialas de la ciudad, las de los colegios y los conventos de monjas, que estaban todo el año estudiando Historia Sagrada y labores, y el domingo de Ramos salían a la calle, con una palma en la mano, hermosas y blancas, de azul y gasa, y nos revelaban de golpe la maravillosa pluralidad de la vida, la cantidad de mujeres que había en el mundo, lo rica y variada que era la especie femenina.

Las procesiones de media tarde, como la del Corpus, iban acompañadas de un campaneo de todas las campanas de la ciudad, y llenaban la calle de incienso, de olor a iglesia, sacralizando las esquinas de los vendedores de tabaco, los corros de los soldados y las criadas, la puerta revuelta y viciosa de la taberna.

Por entonces, los niños de la guerra habíamos llegado ya al escepticismo de oír la misa desde el coro y mirar las procesiones al costado de una mujer hermosa y desconocida, por si se removía y nos llegaba su calor, de modo que nos íbamos a casa, después de la procesión, entrada la noche, con un regusto sacrílego y erótico en el cuerpo. Este regusto sacrílego del erotismo, que era el nuestro, y que tanto les ha costado arrancarse a algunos, si es que se lo han arrancado, es lo característico de una sexualidad de derechas, enajenada por eso que un francés, Bataille, llama la transgresión. Éramos ya niños transverberados deliciosamente por la transgresión, y a la noche, en la cama, a lo mejor nos masturbábamos.

Después de la guerra y de la limpieza que se había hecho en el país, el pecado volvía bajo todas sus formas, lentamente, nos iba invadiendo como un lodo, porque toda prevención era poca, y así fue como surgieron, del lodo, las animadoras. La animadora era una señorita que cantaba en los cafés caros, en los bares americanos con orquesta, a mediodía, a la hora de las cigalas, por la tarde, a la hora del café, cuando el gran concilio de los vientres masculinos, o a la noche, antes y después de la cena, para las parejas de novios de las siete o los matrimonios de las once. Ya no el café cantante, que en parte se había suprimido, por indecente, ni tampoco la tonadillera, que se había muerto ella sola, de cursilería, sino la animadora.

La animadora era como un centauro de Rita Hayworth y Conchita Piquer, una señorita de Betanzos, generalmente, que salía con el pelo recogido y el traje de volantes, y entonces ya se sabía que iba a cantar algo de Sevilla y la Torre del Oro, o salía con la melena suelta y un vestido estrecho, de abertura lateral hasta la rodilla, y entonces ya se sabía que iba a cantar el *Amado mío* de *Gilda*, o aquello otro, tan bonito, de recuérdame, que el recordar es volver a vivir, o bien se vive solamente una vez y hay que aprender a querer y a vivir y hay que saber que la vida se aleja y nos deja soñando quimeras, no quiero arrepentirme después de lo que pudo haber sido y no fue, etc.

Nos enamorábamos mucho de las animadoras, los niños de posguerra, porque eran unas mujeres lejanas que sabían tocar las maracas y que le hablaban al micrófono muy de cerca, con una cercanía que, sin saber por qué, no dejaba de resultarnos pecaminosa a los chicos, cuando veíamos a la animadora por entre las cortinas del café, desde fuera, o en las terrazas de los jardines del verano. La animadora hablaba mucho con los músicos, se volvía para guiñarles un ojo o decirles cosas, y entonces era cuando podíamos verle a ella la espalda.

Con las animadoras aprendimos a mirar la espalda femenina, que no es cosa que se vea de una vez, ni mucho menos, ni que deba dejar de verse, sino que hay que mirarla muy despacio. La espalda no tiene senos, claro, pero eso sólo es para el que no sabe mirar. Hay que mirar la espalda de la mujer, sea o no animadora, como se miraría a la mujer de frente. Hay que mirar una espalda como si fuera un pecho, porque en la espalda tienen ellas su otra mitad masculina, el pecho de hombre, liso y limpio, huesudo. La mujer, por detrás, es un hombre, pero un hombre enfermo, como dijo el otro.

Aquellos trajes escotados por detrás (la espalda ha sido siempre menos pecado para los dictadores de la moral, que no entienden nada de espaldas) dejaban ver la espalda de la animadora, y le daban una forma oval sobre la que se extendía la melena caoba de la señorita. Luego venía la cremallera del vestido, aquella cremallera que no se soltaba nunca, a pesar de las contorsiones de la animadora, porque el gran secreto de las animadoras (otro secreto femenino que aprendimos por entonces, para siempre) es que llevaban el vestido tan pegado como el pez lleva sus escamas, y lo primero que hacía falta para ser animadora era que no se le soltasen a una nunca las cremalleras. Esas señoritas de cremalleras flojas, de ligas flojas, que siempre se estaban metiendo en los portales para subirse algo, para abrocharse algo, no servían para animadoras y tenían que acabar aprendiendo corte y confección por correspondencia, que era una cosa que aprendían mucho las muchachas formales de entonces.

Animadora era la que podía embutirse en un vestido inverosímil y tirar para arriba de la cremallera, que serpeaba por su espalda como una culebra fina y fría, y ya no había quién moviese aquello, ni siquiera los señores de las gambas, que estaban en la barra mirando a la animadora y gozando del reposo del guerrero, pues casi todos habían guerreado de firme.

Las animadoras fueron, con las chicas topolino, las pioneras fronterizas de la nueva moral, las que rompieron con aquel aburrimiento del país. Las animadoras no hablaban en sus canciones de las piedras de Salamanca, ni de la catedral de Burgos, ni de los valores de la raza, sino que metían mucho amor, mucho misterio, mucha noche con plata de luna en sus canciones, en sus letras, y eso nos hacía viajar con la imaginación, nos alejaba del estraperlo, el hambre, los recados, el miedo, la tristeza, la familia, la casa, la escuela.

A las animadoras se las llamaba también vocalistas, en los lugares de más respeto, en los hoteles con música y en los balnearios. *Vocalista*, que me parece que se escribía así, con uve, porque no venía de boca, sino de vocal, era una palabra técnica, aséptica, nueva, que servía lo mismo para un señor que para una señora, pues había vocalistas de ambos sexos. Efectivamente, las vocalistas vocalizaban mucho, agrandaban las vocales, vivían de esas cinco letras, sabían hacer una inmensa a de la a de amor, una e apasionada de la e de querer, una i aguda, latiente, de la i de ti, una o profunda y sonora de la o de corazón, una u ensombrecida y sensual de la u de tú.

Pero la palabra *animadora* les iba mejor a las animadoras, porque ellas, efectivamente, estaban allí para animar. Para animar a la concurrencia, a la clientela, a los mirones, al país, que estaba tan desanimado. Había animadoras que no nos gustaban o que nos gustaban poco, y era como si nuestra tía se hubiese soltado el pelo y hubiera salido allí a mover las caderas. Pero estaban, sobre todo, las animadoras que sí nos animaban, Gildas sin nombre, señoritas de provincias que se habían ido a Madrid a aprender solfeo y cuatro pasos de baile. Volvían por provincias con toda la pecaminosidad de la Gran Vía y de los cabarets madrileños, que empezaban a llamarse salas de fiestas. La animadora tuvo las primeras pestañas postizas del país, fumaba Camel entre canción y canción, a veces en la canción misma, se pintaba unos labios de carmín rojo por encima de sus propios labios, metamorfoseando su boquita chiquita de Raquel Meller en la boca enorme y táctil de Rita Hayworth.

La animadora había estado todo el verano en la playa de Gijón, poniéndose morena, y por eso traía aquella espalda color canela que nos mostraba de vez en cuando, si se volvía para pedirle al pianista una partitura. La animadora se pintaba las uñas de rojo y cogía el micrófono con tres dedos, como le había enseñado mamá a coger la taza del chocolate. ¿Qué fue de aquella legión de animadoras que andaban por los cafés de posguerra, por las parrillas de los hoteles, por los restaurantes de verano? Hay colecciones de cajas de cerillas con las efigies y los nombres de todas las tonadilleras del XIX, que fueron muchas, incluso de las menos conocidas, pero a nadie se le ocurrió lanzar una colección de cajas de cerillas con los nombres y los rostros de las animadoras de los años cuarenta y cincuenta, porque era evidente que aquellas señoritas extranjerizantes no le caían bien al país, a eso que se entiende siempre por «el país».

De modo que, sin la gloria de la caja de cerillas, que es la inmortalidad del artista en España, la animadora se limitaba a llamarse Mapi, o Pilarín, que era como la llamaban los señores de la barra para invitarla a cigalas. Nosotros nos estábamos allí, yendo y viniendo a los lavabos, para disimular, mirando y remirando a la animadora hasta que nos enamorábamos de ella perdidamente. Teníamos unos celos terribles de los señores de las cigalas, que cogían a Pilarín por un brazo y le decían cosas al oído. Ella se reía mucho, echando la cabeza hacia atrás, abriendo su boca, mostrando sus dientes blancos, escalofriando su espalda, y nos llenábamos de deseo y de impotencia, nos llenábamos de odio por aquellos comedores de gambas, de cigalas, de percebes, por aquellos antropófagos del marisco, caníbales que eran muy capaces de llevarse a la animadora a su despacho, bajarle la cremallera del vestido, pelarla como pelaban las gambas, con sus manos gordas, peludas, anilladas, y comerse la carne fresca de la mujer, aquella carne que se había vuelto un poco marisco de estar tantas horas en la playa de Gijón.

La animadora fue nuestra primera entrevisión de la mujer fascinante, cinematográfica, fuera del cine. Pasaron las animadoras, sin dejar memoria, y no se recuerda de ellas un solo nombre ni un solo rostro. Fueron una generación artística sin exégetas. Y ya se sabe que sin exégeta no hay generación.

Había dos razas de niños: los que tenían bicicleta y los que no teníamos bicicleta. Los niños de las bicicletas solían ser los mismos niños que vestían de blanco: ligeros, rubios, ilesos, impolutos, impecables, ampo de niñez. Los otros niños, los que no teníamos bicicleta, les mirábamos desde nuestra quietud, desde nuestro estatismo de pobres —quién sabe si la pobreza es un estatismo—, pasar en su velocidad de niños ricos, de criaturas afortunadas y velocípedas. Nunca tuvimos una bicicleta.

Tampoco había bicicletas para dar y tomar, esa es la verdad, de modo que aquellos niños solían tener una bicicleta para todos los hermanos, o a lo más dos bicicletas, una de chico y otra de chica, si había hermanos de ambos sexos. Niña se conoció que llegaría a malograrse por no comprarle a tiempo una bicicleta de su sexo, pues las bicicletas masculinas tenían barra, una barra horizontal que iba debajo de las piernas del pedaleante, y las bicicletas femeninas no tenían barra y eran todas ellas de formas como más alabeadas, rizadas y coquetas.

Ver a una chica subida en una bicicleta de chico, con los pliegues de la falda deshechos por la barra de la bicicleta, era como ver algo antinatural, morboso, extraño, torvo y quién sabe si sucio. Algunas niñas, ya digo, llegaron a malograrse por esta tontería, aunque parezca que no, la Ina sin ir más lejos, porque la Ina se hizo una rotura entre las piernas, un desgarroncito sin remedio, una sangrecita de nada, todo por culpa de la barra de la bicicleta.

A las chicas que montaban en bicicleta de chico las llamábamos chicazos, y, por el contrario, a los niños que iban en bicicleta de niña les decíamos maricas, pues la ausencia de barra les permitía juntar las rodillas, al pedalear, de una manera femenina, sosa y delicada. Pero había misteriosos arranques del temperamento por los cuales un niño, al despertarse de la siesta de verano, decidía, sin saber él mismo por qué, coger la bicicleta de su hermana y salir pedaleando, femenino y loco, como con una invisible melena al viento, sintiéndose quizá su propia hermana.

De algunos de aquellos niños se dice que dieron en lo peor, luego, pero eso nunca se ha sabido. Las bicicletas de chico eran como más masculinas, y no digamos si eran de carrera, bicicletas de piñón fijo, escuetas y silbantes, la admiración y la envidia de todo el barrio, pues ya por entonces estaban Cañardo, Berrendero y otros grandes ciclistas nacionales, a quienes los niños con bicicleta de carrera emulaban subidos en su máquina, en tanto que los niños sin bicicleta los emulábamos haciendo correr chapas de gaseosa por un tour previamente dibujado en la calle, con tiza, y llamándole Cañardo a una chapa y Berrendero a otra, y así.

Las bicicletas de chica solían tener una redecilla en la rueda de atrás, hecha de varios colores, preferentemente los de la bandera española, y aquella red era como un cazamariposas de la velocidad, que iba atrapando las alas del viento, que se le escapaban una y otra vez, o era quizá como la falda de la rueda, su falda corta y ligera, la que le ponía un poco de pudor al pedalear loco de toda la bicicleta. Por delante, la bici llevaba cintas, también figurando la bandera española, como las cintas de la estudiantina, y las cintas revolaban mucho con el viento, y sonaba el timbre plateado de la bicicleta, como un grillo de sonido, como un grillo vestido de tuno con aquellas cintas, del mismo modo que todos los tunos tienen algo de grillos grilladores en la noche provinciana de las afueras. Nos enamorábamos de las niñas de las bicicletas, que era como enamorarse de un ser de otra especie, de una amazona, de un centauro de mujer y velocidad.

La bicicleta era un signo de riqueza. Los domingos por la tarde, se iban las pandillas con sus bicicletas, había mucho ruido claro de timbres en la calle o en la plaza, muchos brillos metálicos, mucho color de cintas, y la pandilla salía con sus meriendas, sus gritos, su ropa limpia, hacia el campo, la acequia, la libertad. Hacia una infancia más veloz y más hermosa que la nuestra.

Nosotros, ya digo, no teníamos bicicleta. Llevaban de merienda bocadillos de mortadela, de tortilla, quizá de salchichón, y si alguna confusión había habido entre ellos y nosotros, a lo largo de la semana, si la natural democracia del niño nos había mezclado alguna vez, en la tarde del domingo quedaban bien claras las diferencias: ellos se iban, ellos eran los de las bicicletas y nosotros los de las chapas de gaseosa. En el hueco parado de olor a tortilla y a la colonia tonta y pura que les ponían a todos sus madres, nos quedábamos nosotros, alelados, y qué trabajo costaba arrodillarse en el suelo, volver al duro asfalto, al tour dibujado con tiza, y hacer la excursión odiosa de las chapas.

La chica de la bicicleta, de la que nos habíamos enamorado como de una sirena o de una amazona, sólo volvería al atardecer, sofocada, sucia de los besos del viento y la arena del camino, en los revolcones de las caídas, cuando se le había venido encima un niño de blanco con otra bicicleta.

No había bicicletas para todos, en el país. Algunos obreros tenían su bicicleta grande, vieja, como un cigarrón que montaban para ir al trabajo y que luego colgaban en la pared de la alcoba, con esa afición que tienen los pobres de poner todas las cosas por las paredes, muy a la vista (pues también puede que la pobreza sea un barroquismo, un horror al vacío), y entonces, allí colgada, la bicicleta era más cigarrón que nunca, un insecto enorme que se había quedado pegado a la pared. En una revista que quizá se titulase «Alegría y Descanso» vimos una vez un artículo titulado «El trabajador y la bicicleta», donde se veía, como ilustración, una fotografía de un grupo de trabajadores yendo al trabajo en bicicleta, con el paquetito de la comida detrás del sillín.

En todo caso, no tenía nada que ver aquella raza de bicicletas laborales con las bicicletas ociosas y excursionistas de los niños de blanco. Había señoritas que, metidas ya en noviajos, seguían con la afición entre infantil y pecaminosa de la bicicleta, y las veíamos pasar, hechas unas mujeres, dando timbrazos y pedaleando en su bicicleta, y procurábamos verles un poco de pierna, sólo un poquito, al pedalear, pues era inevitable que algo quedase al descubierto entre la falda escocesa y la pantorrilla. Lo que más celos nos daba era que una niña accediese a que un chico la llevase a dar una vuelta en su bicicleta, cosa que a veces ocurría, y entonces ella iba sentada en la barra horizontal, con las dos piernas a un lado, la falda un poco remangada y la cabeza levemente ladeada y hundida en el pecho, bajo la cabeza del chico, que se inclinaba sobre ella para conducir y quedaba constelado por los cabellos al viento de la niña, que se le enredaban en los ojos, en la boca, en la barbilla.

Debía ser muy hermoso y excitante llevar a una niña en la bicicleta de uno, pero nosotros ni siquiera teníamos bicicleta. Fuimos siempre los niños que se quedaban esperando la vuelta de los otros, y esto nos creó una melancolía de niños pobres de derechas que con el tiempo se haría incurable dentro del pecho, como una tuberculosis sentimental. Aún hoy nos sigue pareciendo inaccesible —cuando ya no hay casi nada, casi nadie inaccesible— la mujer en bicicleta.

Como jugábamos mucho y comíamos poco, como hacía mucho calor y no salíamos de veraneo, como nuestra vida estaba siempre en peligro, en casa nos obligaban a dormir la siesta en el verano.

Las largas siestas del verano nos enseñaron muchas cosas. La siesta, generalmente, no se dormía en la cama de uno, en la cama de dormir por la noche, sino que nos colocaban en alguna de aquellas camas de adorno, digamos, de recibir (aunque no parece bien recibir a nadie en una cama). Siempre había en la casa, incluso en las más pobres, una cama de sobra, nunca ocupada, eternamente hecha, como había un cuarto de recibir donde nunca se recibía a nadie, o una vajilla para que tomasen café los invitados, donde jamás ningún fantasmal invitado había tomado ningún insípido, incoloro, inodoro café. Eran cosas que había en las familias.

La siesta, pues teníamos que dormirla en aquella cama grande y profunda, alta y solemne, sin duda muy vieja, que era la cama de respeto, porque allí estábamos más frescos, entre corrientes de aire azul, y por no sé qué otras misteriosas razones. El primer día del verano nos hacía mucha ilusión ir a aquella cama importante, pero luego hubiéramos preferido ir a nuestra cama de todos los días, pequeña, conocida, revuelta, que era como un perro o un gato con el que podíamos jugar y a cuyo colchón le tirábamos de las orejas, como a un perro o un gato, pues entonces los colchones tenían unas pequeñas orejas de tela, listadas, que eran muy graciosas y hacían como más familiar a la cama. Eran como las orejas de la oveja que el colchón llevaba dentro.

Estábamos en la cama de respeto como en el regazo de una señora grande y desconocida, como en el regazo de alguna visita importante y muy tiesa. Apenas nos atrevíamos a movernos, habíamos sido depositados allí solemnemente y en seguida nos dolía todo el cuerpo. Alguna vez nos atrevimos a bajar hasta el lejano suelo para dormir sobre la alfombra, cosa que resultaba refrescante, aventurera y esclarecedora, pues desde allí se veían las patas viejas de las sillas y las mesas, sus pezuñas de mueble, las patitas enanas de la mesilla, como patas de perro pequinés. El ciempiés de nuestra pobreza quedaba al descubierto desde la alfombra, y aquellas patas un poco desvencijadas, tropezadas, sucias, desbarnizadas, eran el secreto, las patas al aire de la familia, pero ninguna visita iba a tirarse al suelo para mirarle las raíces secas a la mesa de superficie brillante.

Los baldosines rojos del suelo eran desiguales, estaban pintados con una anilina mala y tenían entre sí caminos de mugre. Algunos de ellos estaban rotos. Debajo de la gran cama había pelusas, una maleta, una lejana bolita de papel de periódico, como un asteroide no identificado aún por los astrólogos, y un punto que brillaba, quizá una aguja, un alfiler, una horquilla, algo que se le cayó a la mujer que había muerto en aquella cama, pues en aquellas camas generalmente había muerto alguna mujer de la familia.

Pero dormir en el suelo nos traía siempre diarreas, dolores de tripa, anginas, fiebre y otros males, aparte de los gritos cuando nos descubrían. No había más remedio que seguir en la cama grande, antipática, dura, como en la cubierta de un barco viejo o en la panza de una ballena muerta.

Generalmente no nos dormíamos, en la siesta, y un niño en una cama, sin sueño, acaba por descubrir su cuerpo, si no lo ha descubierto ya antes, y cada tarde vuelve a la cama culpable y atemorizado, como al seno de una enorme matrona hierática que le va a violar. Él quisiera irse a la calle, jugar a las canicas debajo del sol violento de agosto, beber agua de la manga de los regadores, aquel chorro gordo de agua fresca y ruda, agua de regar, aquel chorro que nos llenaba la boca y nos bañaba la cara. El niño quisiera permanecer casto y violento en mitad de la calle, entre los otros niños, haciendo su vida de campaña, viviendo su infancia militar, pero la familia le obliga a dormir la siesta. Las familias nos obligan a dormir la siesta, porque la siesta es un rito y un mito, un tabú, una institución en el país, y el dormir a pierna suelta del señor marqués, que reina en su cama con dosel, lo ha mimetizado la burguesía pacatamente, discretamente, como ha mimetizado todas las licencias de la aristocracia, reduciéndolas a oprimidos respiros.

La burguesía modesta, como la nuestra, había tomado de la burguesía alta el respeto por la siesta, como tantos otros respetos, y las señoritas de la casa dormían la siesta después de comer porque era lo más fino que podía hacer una señorita después de comer, y sólo las criadas se salían al sol con el postre, a arrancarse los pelos negros y largos de todas partes. En cuanto a los niños, teníamos que dormir la siesta porque la familia sufría su mala conciencia de tenernos poco y mal alimentados, y porque, además, les parecía que era cosa de golfos echarse a la calle con el bocado en la boca, y preferían que coincidiéramos en nuestra vuelta al juego con los niños-vestidos-de-blanco.

Los niños-vestidos-de-blanco no salían a la calle hasta las cinco o las seis, después de haber dormido una siesta correcta, y bajaban ya lavados y perfumados, con la bicicleta, el balón, la criada, el libro o lo que fuere. Pero nosotros teníamos conciencia de no ser niños-vestidos-de-blanco. Nuestras siestas, si nos acostaban a dos niños juntos, acababan en la discusión, la pelea, la batalla por un mismo rincón de aquella cama enorme, en la que hubiéramos cabido media docena de niños ampliamente desparramados. Y si uno se acostaba solo, acababa, ya está dicho, a vueltas con su cuerpo, el pijama sucio, el corazón latiente, los ojos ardentados y el miedo en las manos. También ocurría, según las temporadas, que nos llevásemos a la cama libros escondidos, o que los hubiéramos metido previamente en el cajón de la mesilla, durante el día, para luego sacarlos, en la soledad, y leer en ellos con los ojos muy abiertos en la penumbra.

Ya se sabe que son esos libros que el niño lee a escondidas los que verdaderamente le forman, los que echan las bases de su cultura, que será así, siempre, una cultura de orígenes clandestinos, de cimientos contradictorios, incapaces de soportar las nociones oficiales y burguesas, tradicionales, asépticas, que vendrán después. Con el erotismo, Pío Baroja y otras cosas así, estábamos enterrando una bomba en los cimientos mismos de nuestra educación escolar. Esa bomba estallaría alguna vez, afortunadamente, haciendo saltar todo lo demás, todo lo posterior.

La capacidad de reacción de un hombre contra la cultura y la moral que se le ha dado, depende siempre del calibre de la bomba que él, misteriosamente, se ocupó de enterrar debajo de todo eso. Hay a quienes no les estalla nunca la bomba y a quienes les estalla tarde. Eso nunca se sabe. Pero, gracias a aquellas siestas con lectura clandestina, podemos hoy saber que tenemos bomba.

El pederasta estaba en todas partes. El pederasta tenía muchas caras, ojos, sombreros, atuendos, personalidades, nombres, manos, voces, trajes. Pero era siempre él, el pederasta. Entonces no sabíamos que se llamaba así y decíamos el tío bujarrón, con palabra que ignoraban por completo los niños-vestidos-de-blanco, y que decían a todo grito los chicos del extrarradio y los golfos, pero que nosotros, mitad y mitad, ni carne ni pescado, aprendíamos clandestinamente y no podíamos pronunciar delante de nuestras madres.

El pederasta tenía sombrero negro de ala dura, traje negro, bastón, rostro grande, violáceo, manos grandes, como dos tortugas sin caparazón, guantes negros, voz muy baja, pero al día siguiente, el pederasta, el buja, el tío bujarrón, tenía sombrero gris de fieltro suave, estatura pequeña, vocecita, amabilidades para con nuestras familias, besalamano, cajitas de penicilina para regalar y un saquito de legumbres que nos prometía si íbamos a su casa de hombre solo a buscarlas. El pederasta era representante farmacéutico y muy beato, y a la mañana siguiente era escritor que no escribía desde después de la guerra, y tenía una cierta fama de rojo, o bien prefería peinarse con el arriba España de aquellos años, el pelo un poco abombado sobre la frente, y llevaba chaquetas claras de piqué, zapatones cuadrados de tacón gordo, que estaban de moda, y cosas así. Al pederasta le gustábamos los niños, decían.

Por eso mismo era pederasta, la palabra misma lo decía, naturalmente, aunque nosotros no veíamos que aquella palabra difícil dijese nada, y lo otro, lo de bujarrón, sonaba un poco más cachondo, ofensivo, divertido, pero tampoco aclaraba nada, ésa era la verdad.

El pederasta era un señor como los demás, sólo que más simpático con nosotros, con más inagotables caramelos en los bolsillos, y cuando ya habíamos hecho amistad con él bajo su forma de señor enlutado, de viajante de farmacia, de oficial de registros, etc., y le teníamos persuadido de lo escapadizos que éramos, entonces el pederasta decidía ser un recitador de voz profunda, que sacaba de no sé dónde un sombrero cordobés, se ponía una chaquetilla de rejoneador y nos recitaba poemas, canciones, cosas andaluzas, tanguillos de Cádiz, versos de José Carlos de Luna, aquello del Piyayo, tan conmovedor, o aquello otro de la Sarneta, no menos conmovedor y putrefacto. Ah, el pederasta.

¿Cómo huirle bajo todas sus formas, cómo escapar a todas sus encarnaciones? Todavía hoy nos asombra a muchos niños de la guerra el haber llegado hasta aquí machos enteros (otros debieron sucumbir como florecillas bajo aquel viento cabrío). El pederasta tenía una madre o una tía, una señora muy anciana a la que acompañaba a los bancos de la plaza, a una mesa de la terraza del café principal, y allí se estaba con ella, tomando ricos helados de tres gustos, y cuando nos veía nos hacía señales, guiños, sonrisas, muecas, ofertas, hasta tenernos a su lado probando la cucharilla de helado, diciéndole a aquella señora cómo nos llamábamos, sobándonos mucho las manos y el pescuezo. Qué asco de tío bujarrón.

Pero pasaba el verano, ya no había niños en la plaza, y entonces el pederasta se vestía de extuberculoso enlutado, joven que iba para viejo, gran estatura, gafas manoletinas, viudo de sí mismo, huérfano, heredero rico de una tintorería, y nos lo encontrábamos en el círculo católico, al que pasaba una caritativa subvención.

Al pederasta le gustaba jugar con nosotros al ajedrez, al parchís, a las damas, en el círculo católico, y cuando estaba delante el cura se ponía más circunspecto, sacaba la voz profunda y el rosario que llevaba siempre en una rosariera, en el bolsillo del chaleco, pero cuando no estaba delante el cura pescaba niños a voleo, jugaba con ellos por los sillones, perdía su gravedad, y se decía que era un bujarrón de aúpa, pero allí estábamos, al borde del abismo, temblorosos e inermes. Por siempre.

Como no iba a pasarse la vida jugando al parchís con los niños pequeños, el pederasta esperaba la llegada del otoño o de la primavera, según, para vestirse de anciano decrépito, de viejo de pueblo, y entonces aparecía por alguna de las plazas recoletas de la ciudad, con su bastón y su boina, encorvado, bondadoso, se sentaba a nuestro lado y nos preguntaba por los estudios, por la familia, hasta llegar a aquello de que si teníamos ya erecciones o no teníamos erecciones, y entonces era cuando nos quedábamos pálidos y temblorosos como una luz de gas, bajo los faroles y las acacias, sin atrevernos a irnos, hasta que pasaba otro chico, le gritábamos algo y salíamos corriendo detrás de él, sin despedirnos, maldito bujarrón, y procurando no volver por allí.

Pobre bujarrón, bujarroncito, pederasta, mariconuela que un día cogían entre cuatro golfos y lo tiraban al río, en invierno, para que se remojase, y aún volvía a buscarles, por las esquinas del barrio, para ofrecerles dinero, estampas, caramelos, cromos de Zarra, de Eizaguirre, de Gaínza, de Ramallets.

Cuando venía de señor grande y gordo, enlutado, prefería enviarnos a hacer cualquier recadito para darnos luego una propina e invitarnos a su casa. Tienes que venir un día por mi casa, pilluelo, que eres un pillo muy majo tú. Cuando venía de chaqueta de piqué y zapatones, el pederasta prefería tratarnos deportivamente, hablarnos de fútbol y revolvernos un poco el pelo con la mano, más como una humillación que como una caricia. Cansado de que le huyésemos, en fin, el pederasta se vestía de anticuario bajito, joven, triste, con el pelo rizado, escaso, en caracolillos, y se iba por los cines, con sus gruesas gafas de miope, dos cristales gordos montados en un alambre, a sorprendernos en los urinarios durante el descanso.

Estaba enamorado de nosotros el pederasta, y nos sentíamos frente a él un poco como las niñas del barrio debían sentirse frente a nosotros, cuando les tirábamos del lazo, les levantábamos la falda o las besábamos directamente. El pederasta-anticuario, el bujarrón-mueblista tenía una cierta tristeza y un silencio, una manera miope y tierna de mirarnos, pero esto era solamente

una de sus muchas apariencias, apariciones, encarnaciones, posibilidades, porque luego volvía a ser, trabajosamente, el representante farmacéutico obsequiador de legumbres, o incluso el sastre apuesto, que cantaba zarzuela en las tabernas del alba, con las meretrices, se peinaba hacia atrás, muy hombre, se hacía a sí mismo unas chaquetas con muchas hombreras, se maquillaba la cara y quería que le llamasen siempre con nombres de flores.

El pederasta estaba en todas partes, era el recitador-paseante-farmacéutico-sastre-costurero-tintorero-oficinista-zarzuelero. Acechó nuestra niñez, vigiló nuestra infancia desde todas las esquinas de la ciudad y su sola vigilancia nos hacía sentirnos femeninos, como si ya nos hubiera seducido, porque he aquí que el deseado o la deseada no pueden dejar de participar, involuntariamente, de la condición, el pecado, el deseo y la fiebre que les asigna el deseador. Luego, el pederasta, perdido entre sus mil encarnaciones, no acertó un día a volver a ninguna de ellas, y dejó de existir por desconcierto, por pluriformismo, como el demonio, que tampoco era mal bujarroncete.

Había un momento de la infancia en que ya no se organizaban canteas en la calle, sino partidos de fútbol. Era una transición importante, como la que va del paleolítico inferior al paleolítico superior. La agresividad se ennoblecía en deporte y los niños-vestidos-de-blanco tenían un balón de reglamento. Nosotros, los otros niños, los no vestidos de blanco, no teníamos un balón de reglamento, pero teníamos una pelota de goma, de trapo, de lana, de papel de periódicos, maciza o no maciza, o un balón blando como una pasa, y así íbamos tirando a gol.

El fútbol era una cosa que presidía la vida nacional, que le ponía argumento a la vida de los niños y de los mayores, y alguna vez, rara vez, nos llevaban al estadio de la ciudad, a ver jugar al equipo local, que casi siempre era de tercera división y luchaba por subir a segunda. Teníamos que aprender a distinguir a los jugadores del equipo contrario, para odiarlos mucho instantáneamente, y la distinción era fácil, pues conocíamos bien los colores de nuestro equipo, de modo que aquellos otros futbolistas vestidos de blanco o de rojo o de azul eran los enemigos.

El fútbol nos aburría un poco, en general, porque

lo que queríamos era jugar nosotros. El niño entiende la vida como participación. Sólo con los años se llega a la lamentable categoría de espectador. El niño no sabe ser espectador puro de nada. O participa o no se divierte. La contemplación pasiva es sólo un primer estado de descubrimiento, tras el cual hay que pasar inmediatamente a la acción. Se es joven en la medida en que se pasa de modo inevitable de la contemplación a la acción, como en dos fases, en dos tiempos de un mismo movimiento. La contemplación pura es acción atrofiada y todas aquellas personas mayores que acudían al estadio los domingos por la tarde eran otros tantos futbolistas atrofiados, unos miles de delanteros centros abortados que se debatían torpemente dentro de sus gabardinas verdes, y gritaban, pero en quienes la acción estaba muerta para siempre.

Nosotros, niños aún, geniales aún (genio es el adulto en quien no se ha atrofiado la capacidad de participación del niño) lo que queríamos era nuestro partido de plazuela, de solar, de descampado, nuestro encuentro de los jueves, cuando los curas o los maestros nos llevaban a las eras y nos ponían unas camisetas viejas, sudadas, estrechas, con olor a embrocación y a otro niño quc había pasado antes a través de las listas de colores de aquella camiseta.

Los mitos locales, empero, los extremos derecho e izquierdo del equipo local, se paseaban a veces por la ciudad, o estaban en las terrazas de los bares, con sus chaquetas de cuadros, sus bigotes y su pelo corto. Los chicos les hacíamos un corro tímido y acabábamos acercándonos a uno de ellos para pedirle un autógrafo.

Luego estaban los semidioses nacionales, los jugadores del Madrid y de otros grandes equipos, los porteros internacionales, aquellos a quienes no veíamos sino en los cromos y en alguna fotografía de los periódicos. Gaínza, Zarra, Pahiño, Ramallets, Campanal, Iriondo, los grandes. Comprábamos cromos, los cambiábamos, los jugábamos, los vendíamos, los coleccionábamos, y en las tardes de invierno acudíamos presurosos a los tableros de los bares para leer los resultados y la marcha de la Liga.

En algunos bares escribían los resultados en blanco, sobre el gran espejo del mostrador, con la misma pintura de escribir hay gambas a la plancha, mejillones del día, horchata fresca, pida empanada de la casa. El fútbol estaba cerca y lejos. Los jueves, en las eras, dentro de nuestra camiseta estrecha y prestada, comprendíamos secretamente, sin atrevernos a confesárnoslo a nosotros mismos, que nunca íbamos a ser el delantero centro que teórica y públicamente estábamos dispuestos a ser.

Cuánta fatiga, cuánta carrera, cuánto balón perdido, contra el viento de las afueras, bajo la amonestación del cura o del maestro, al costado de los trenes que salían y entraban en la ciudad dejándonos un pitido y un jadeo dentro de la cabeza. Luego había campeonatos internacionales, triunfos y derrotas de España por el mundo, grandes cosas que ocurrían en el extranjero o en Madrid, en el lejanísimo y apoteósico Madrid, y los señores del Casino hablaban de fútbol detrás de las cristaleras, y les veíamos doblar el periódico por las páginas deportivas. Los señores del Casino, que habían dirigido la marcha de la guerra desde sus butacones, que habían predicho todo lo que iba a pasar en el Jarama y en Brunete, se daban ahora a esta otra guerra civil del fútbol y seguro que ellos tenían la solución y sabían quién iba a ganar la Liga, para quién iba a ser la Copa y cuándo íbamos a ascender a segunda de una puñetera vez. Los periódicos venían llenos de fútbol como antes venían llenos de guerra, y se organizaba un partido todas las mañanas y todas las tardes, en el patio del colegio, a la hora del recreo, para darle patadas a una pelota bajo la mirada dura de los educadores y la mirada distraída de las niñas, que estaban en los balcones de su colegio un poco burlonas, cantando canciones y riéndose mucho cuando alguno se caía al suelo.

Ser futbolista era una de las maneras más serias de ser español. A todos los niños de aquellos años se nos proponía el fútbol como modelo de vida, como estilo de conducta, como ejemplo de hombría, y tuvimos que ir superando uno por uno, solitariamente, la decepción, el fracaso, el convencimiento de no valer. El fútbol era la épica nacional y el ideal patrio hubiera sido un país con tantos futbolistas como ciudadanos.

El español llevaba dentro un futbolista nato, como antes había llevado un torero, porque el español siempre nace llevando dentro algo insospechado y heroico. Así como el inglés nace sólo inglés y el belga nace sólo belga, y luego, con la vida, con los años y los estudios, se hace ingeniero de minas o bibliotecario diplomado, el español nace español y algo más.

Por ejemplo, español y torero, español y poeta, español y futbolista. En los años cuarenta y cincuenta no nacían españoles: nacían futbolistas. Nacían futbolistas que luego, en la inmensa mayoría de los casos, se frustraban, se atrofiaban por falta de entrenamiento, de alimentación, por culpa de la grasa, la novia, la alopecia, la oficina, las meretrices, las oposiciones o la vocación religiosa. Todo niño, todo adolescente se sentía llamado desde arriba a la gloria de Zarra, y caer luego de Zarra a oficial de registros era una frustración oscura, un batacazo silencioso, un dolor. El futbolista innato, nonnato, congénito, unigénito, que el español llevaba dentro, se le iba muriendo, se le iba mustiando con los días, y los colores de su camiseta a rayas le desteñían hacia afuera hasta dejarle de un morado triste, de un azul enfermo, de un rosa pálido.

Nos forjaron innecesariamente frustrados porque nos forjaron innecesaria y prematuramente héroes. El español ha sido sometido siempre a la pedagogía del heroísmo, desde pequeñito, y en aquellos años, a nuestras generaciones se las sometió a la pedagogía del delantero centro. Como España no podía estar habitada por veintitantos millones de delanteros centros, por diez o quince millones de Zarras tempestuosos, resultó que, a cambio de un Zarra que se logró, todos los demás, infinitos, nos malogramos tristemente, otoñalmente, en nuestras oficinas, en nuestros empleos, bancos, estudios, cátedras, talleres, almacenes de coloniales, droguerías, mercerías, pupitres de dibujo lineal, confesonarios, sastrerías.

Las colegialas con sus palmas en el domingo de Ramos, las meretrices con sus senos vivientes, las niñas de las bicicletas, con su melena al viento y un lazo rosa en el pelo, todos nuestros afanes, persecuciones, anhelos, besos perdidos, miradas, sueños, masturbaciones, confidencias, miedos, presunciones y fetichismos, todo nuestro erotismo a la sombra de las ánimas del Purgatorio, tenía que cuajar en algo, y efectivamente cuajó, allá por los primeros años cincuenta, en el guateque. No se sabía de dónde venía la palabra ni la fórmula. Pero de pronto empezaron a darse guateques.

Paseos por la calle principal de la ciudad, codazos a nuestras amadas, Dantes con laurel de cocina cantando a nuestras Beatrices de las jesuitinas, orillas del Arno provinciano, bailes de verbena, con música de Machín y de Lorenzo González, el no saber bailar agravado por la conmoción de tener a una niña pegada al cuerpo, ese descubrimiento de la mujer, ese ente de estopa, cutis y mirada que es la mujer, dulcísima criatura, su colonia acaramelada, la suave rebeca de punto, nos enamorábamos de todas, de la primera que caía en nuestros brazos inseguros. La polvareda, el humo, la fritanga, las buñolerías de la verbena, un cielo de farolillos menestrales, el olor a churros errando entre los lejanos planetas, el gemido hondo del *carrousel* y la música fatigada, arrastrada, zapateada, de la banda o la orquesta del barrio.

Por nuestros brazos delgados y adolescentes empezaban a pasar las mujeres como mercancías, como dulces paquetes de puerta a puerta. Aquello era fácil, ligero, hermoso, profundamente insatisfactorio. Un baile, una confidencia, un beso perdido, un perfume, nada.

Entonces nació el guateque, exacto, geométrico, calculado, con unas cuantas parejas, un picú y unas gaseosas. La cosa era en casa de un amigo, en la tarde de domingo, cuando salían los padres de paseo hasta el cementerio, o en una trastienda, o en la trasera alquilada de un bar de las afueras. El guateque tenía intimidad de orgía, perfume de domingo, música del momento, castidad adolescente y risa, mucha risa. Allí ya no había escapada. Las parejas estaban más o menos perfiladas y después de las sambas y las músicas ligeras que nos sonaban desde el Caribe comercial, desde un Caribe afrocubano de casa de discos, después, digo, venían las lentitudes arrastradas de Machín, Bonet de San Pedro, Lorenzo González, y no más mambo de Pérez Prado, sino que la luz iba cediendo en los cielos, o sencillamente entornábamos los ojos, y se establecía esa rara correspondencia entre música y luminosidad, de modo que *Dos gardenias* creaba penumbra y el *Mambo número 5* hacía estallar los astros y los soles.

Mejilla contra mejilla, un frotamiento tenue que acababa creando fiebre, una fiebre pequeña, localizada, redonda, en aquel lado de la cara. Besos de gaseosa y sentimentalismo dominical. El guateque era el nudo donde se anudaban los dispersos caminos de la calle, el colegio, la persecución, el parque, el río, la verbena, el extrarradio, el paseo. Por fin, el mundo a nuestro alcance, la mujer allí, enfrente, esperando que la sacásemos a bailar. La música se llenaba de sentido y el corazón sabía que no iba a soportarlo. Era demasiado. Pero abríamos otra gaseosa.

En el guateque se hicieron realidad por primera vez muchas cosas que habíamos entrevisto y dudado durante siglos de infancia. En aquellos butacones usados, que olían a la familia de la casa, a un padre de nicotina y una madre de lejía, descansamos nosotros de las andanzas de tantos años (dos o tres) detrás de la mujer.

La fórmula anterior al guateque había sido la excursión, también un hecho a historiar dentro de la cultura dominical, la excursión con tortilla de patata que sabía a periódico, la lejana montaña, al otro lado del río, los chicos y las chicas, el autobús para los que no teníamos bicicleta o vespa. Pero la excursión era campestre, dispersa, montaraz, casi pueblerina, orfeónica, agotadora, higiénica, polvorienta e insoportable. El guateque era otra cosa.

Realmente, la excursión pertenecía a la naturaleza y el guateque pertenecía a la historia, a la cultura. La excursión nos mantenía aún en el reino virgen de la geografía. El guateque nos hacía dar el salto cualitativo hacia el reino de la cultura. Por la excursión no pasábamos de tener naturaleza. Por el guateque teníamos historia. Lo que ocurre en la naturaleza es como si no ocurriera, porque la naturaleza todo lo subsume. Es mucho más que el hombre. Volvíamos al siguiente domingo a la montaña y veíamos que no había quedado memoria de nuestros besos, de nuestro amor, de nuestro sufrimiento, porque el tomillo nos ignora y la jara nos desprecia. La montaña vivía en su desmemoria de flores azules y nubes, como vive la naturaleza toda. Pero los besos y los dramas del guateque, en cambio, quedaban impresos para siempre en la música de Machín, en la mancha que le echábamos al diván, en el sabor de aquella gaseosa con amargores de pecado y de champán.

Del reino silvestre de la excursión pasamos al reino cultural del guateque, y entonces empezamos a tener pasado. Antonio Machín, Lorenzo González y Pérez Prado nos iban urdiendo pacientemente, con risas y lágrimas, un pasado de amor y celos. Al guateque era barato ir, porque bastaba con aportar algunas pesetas para la gaseosa, la sangría, la limonada, las patatas fritas o lo que fuere. Al guateque se iba andando y sólo había que tener la precaución de llevar la camisa menos recosida debajo de la chaqueta de sport del domingo, porque siempre había en el guateque ese momento de quitarse la chaqueta y quedarse en mangas de camisa para bailar el mambo número cinco o, sencillamente, para sentir más cerca, contra el popelín y las iniciales bordadas de nuestro pecho, el pecho de ave, cálido y suave, de nuestra pareja. Sentíamos que la vida se acumulaba en nuestro corazón como las escorias a la puerta del horno.

Las generaciones siguientes se han educado en el *party*, el *happening* y otras cosas así, pero nosotros, los niños de la guerra y la posguerra, los españolitos de derechas de los años cuarenta, nos hicimos hombres hacia los años cincuenta, cuando los campeonatos mundiales de fútbol del Brasil y el Plan Marshall para España, en las tardes de guateque, tardes dominicales que nos hicieron machos: Volvíamos del fútbol como de la épica, volvíamos del cine como de la lírica, volvíamos de los sueños adolescentes e imposibles, que se quedaban cada vez más lejanos, para asumir la realidad del guateque, que era la realidad misma en la que nos íbamos a realizar.

Empezábamos a comprender, sartrianamente, que éramos nuestro propio proyecto. Ni el mundo dado del cine ni el mundo azaroso del fútbol. Seríamos lo que nosotros hiciéramos de nosotros mismos. Nuestra vida sería lo que decidiéramos hacer con ella, porque estábamos inexorablemente condenados a optar, según el filósofo. Y lo que queríamos hacer con nuestra vida era un guateque.

Dependíamos de la propina. La propina regía nuestras vidas. Lo que nos unía aún a la familia no era el amor, ni el respeto, ni el miedo, ni los rosarios colectivos, ni la enfermedad, ni el hambre, ni siquiera el gabán de invierno, aquel gabán que había ido pasando por todos los hombres de la familia o, más bien, por el que habían ido pasando todos los hombres de la familia, a través de su cheviot o su paño catalán, hasta tener el olor, el color, el sabor, la forma y los modales de aquel gabán, que era ni más ni menos que la horma masculina del clan.

Ahora nos tocaba a nosotros heredar el gabán, ponérnoslo cada invierno, ligeramente reformado y recosido, quizá dado la vuelta, sometido a un convencional *aggiornamento* (el cine italiano de los años cincuenta empezaba a enseñarnos palabras como *aggiornamento*), pero tampoco era el gabán solariego y familiar lo que nos retenía unidos a nuestra casta y nuestra casa. Era la propina.

La institución de la propina, que debió ser una primera educación fiduciaria del niño, allá por los novecentismos del Juanito, se ha mantenido en España hasta muy entrado el siglo y hasta muy entrada la edad del mozallón. Con los estudios avanzados, con un empleo, incluso, seguíamos dependiendo de la propina.

No hay que decir que a los niños-vestidos-de-blanco les daban más propina que a nosotros, pero lo importante era la institución, el sistema, la norma. Un hombre de derechas vivía de la propina hasta el día de su boda. (Parece que las señoritas ni siquiera tenían propina y por eso soportaban durante su larga soltería la compañía amorosa y constante de mamá, porque mamá había de subvenir a todos los caprichos —es un decir— de la niña, al helado de tres gustos, la cuenta del aperitivo o el chocolate vespertino.) Los hombres, en fin de cuentas, estábamos en superioridad de condiciones, como ocurre siempre en España, pues a nosotros no se nos imponía la presencia austera del padre o de la madre, sino que éstos segregaban hebdomadariamente unas monedas, ponían el huevo de la paternidad o de la maternidad, el huevo metálico de la moneda, del durito, y nos dejaban volar libres. Las niñas, no. Las niñas, si querían propina, tenían que llevar a los padres puestos. Es como si, cada día que queremos comer un huevo frito, tuviésemos que llevar la gallina con nosotros a todas partes, bajo el brazo, hasta la hora en que ella pondrá el huevo y podremos freírlo y comérnoslo. Las niñas tenían que llevar a mamá del brazo durante toda la mañana dominical y católica, durante toda la tarde sabatina y quincallera, hasta que mamá ponía el huevo, se sentía clueca de monedas y pagaba la merienda.

Ahora, parece que el dinero les viene a los adolescentes en billetes, como por bandadas de hojas secas que les trae el viento de la vida. A nosotros nos llegaba el dinero como un goteo de monedas, y tenía cierto trascendentalismo y cierto rubor ese momento dominical de dar y tomar la propina. La propina la daba el padre, generalmente, y a lo más que se podía llegar con la madre era a arrancarle un suplemento generoso, escaso, femenino, un dinerillo de la cuenta de la plaza, una sisa con olor a especias, a ajos y a pescadilla. El dinero, a la madre, se lo sacábamos los hombres de la casa mediante unas artes de amor, cariño, caricia y chuleo que estaban muy cerca de la relación meretriz-gigoló, sin que ella ni nosotros lo supiéramos.

Una educación burguesa de derechas es una educación que no llega nunca a resolver dos problemas fundamentales, el del sexo y el del dinero. Se trata de un doble tabú que ese tipo de educación trata de ignorar, de obviar, y entonces, a fuerza de querer hacer inexistente la relación sexual o la relación monetaria (por meras razones de hipocresía moral) lo que se consigue es tornar esas relaciones profundamente inmorales. La señora burguesa y su amada hija hablan de amor o de dinero con los hombres de la casa, de la familia, de la clase, de una manera hipócrita, sumisa, interesada, sutil, sibilina, porque estos dos asuntos no pueden ser tratados de frente. Hacerlo así sería de mal gusto. El eufemismo, lastrado de dependencia (la mujer burguesa suele depender del hombre en estas dos cuestiones), lleva a otra forma más grave de mal gusto, que es una hipocresía lindante ya con la prostitución. Pero le sacábamos el dinero legal a papá, le sacábamos el dinero extra, sentimental, a mamá, y a vivir el domingo loco, a volar con las alas remendadas de la libertad.

La propina, como concepto económico, está a medias entre el jornal y la limosna. Era un jornal por el oficio de ser hijo, por haber llevado adelante los estudios, los trabajos, la disciplina del hogar. Y era una limosna que nos hacían nuestros padres, que nos lo habían dado todo desde su omnipotencia, para que no desfalleciésemos en nuestro desvalimiento. La propina marcaba las distancias, establecía la dependencia, fijaba la superioridad de los padres. Era una forma suficiente y periódica de humillación.

Pero la propina alcanzaba, generalmente, para llevar a la novia a tomar gambas y un vermut, para jugar un rato al billar con los amigos (todavía se jugaba al billar) a la salida de misa, para dejar una peseta en la bandeja del monaguillo, en la bolsa de la señorita de la cuestación, en la iglesia, para tomar café después de comer, con los mismos amigos del billar matutino, y para llevar a la novia al cine, a las siete, a un local de estreno.

Se terminaba el domingo con unas pesetas arrugadas en el bolsillo, unos billetes de autobús y unas entradas de cine inservibles ya, usadas, con su rosa o su verde desencantados. Luego la semana pasaba en un vuelo o se hacía interminable, era el largo tiempo de la rapiña, la sisa, el hurto, la compra-venta, la chamarilería, el empeño, el préstamo, la deuda, el juego.

La propina, que mantenía a los hijos muy ligados a los padres, muy dependientes de ellos, era una suerte de colonialismo económico que generaba casi todos los odios generacionales. Según las edades y las clases sociales, la propina ha estado tasada entre un duro y veinte duros. La necesidad de conseguir dinero al margen de la propina, casi siempre a costa de la propia familia, nos daba un sentimiento de delincuentes frente a los padres. O quizá los delincuentes fueran ellos. En todo caso, había una relación penal, una tensión económica, un clima de delito en el hogar, pues el hijo siempre acababa robando algo para venderlo (robando dentro de la propia casa, por obvias razones de inmediatez y relativa impunidad) y de este robo se hacía cómplice la madre frente a la ignorancia voluntaria, distraída o egoísta del padre, culpable a su vez de otros dispendios que prefería no evocar. Así las cosas, en esta maraña de delito y sentimientos oscuros, seguían hablándonos de la entrañabilidad y la intangibilidad de la familia.

Esa inseguridad, ese temblor de manos, ese tamborileo con que esperamos al amigo, llamamos por teléfono, abordamos a la desconocida o pedimos empleo los que un día fuéramos niños de la guerra, nos viene, sin duda, de que hemos tardado mucho tiempo en tener nuestro propio dinero. Dentro de nuestra civilización y nuestra cultura, el sexo y el dinero son las claves de una personalidad. Lo del dinero creían habérnoslo remediado mediante la propina, y lo del sexo ni siquiera pensaban que necesitase remedio. Hemos sido doblemente indigentes durante muchos años, doblemente menesterosos, y eso, si usted se fija, a lo mejor todavía se nos nota.

Las compañías de revista venían de tarde en tarde por la provincia, con sus títulos famosos en Madrid, con su prestigio madrileño, que luego se quedaba en nada, porque resultaba que el número fuerte no era tan fuerte, que las primeras figuras nunca viajaban a provincias y que los decorados habían sido reducidos considerablemente para facilitar los transportes y también para hacer posible su instalación en nuestros pequeños teatros. Aquella picardía que habíamos silbado durante un año, de oírla por la radio, no era tanta picardía, en escena, pero volvería a serlo, en el recuerdo, cuando la compañía se hubiese marchado. ¿Te acuerdas cuando Irene Daina iba y le decía? ¿Te acuerdas cuando la Trudi Bora iba y se ponía? Nos dejaban memoria de su desnudez y su descoco para un año largo. Había que hacerse hombre contra viento y marea, había que saber cómo era una mujer por dentro, y todo lo demás, pero la gente en torno, la vida, la familia, la sociedad (empezábamos a decir «la sociedad» entre despectivos y englobadores) no se preocupaba gran cosa de nosotros.

A la compañía de revistas le olían los pies. Traía músicas de patio madrileño, mujeres de desecho, chistes que ya conocíamos, un perfume intenso de camerino luchando en el escenario con el aura polvorienta de la coreografía, y en toda aquella carne de mujer rosada, las huellas profundas del viaje, del cansancio, de la repetición, de la prostitución, de la profesionalidad y del sueño. No sólo tenían ojeras en la cara. Tenían ojeras en el cuerpo, las vicetiples, unos senos ojerosos, como azulados y reblandecidos, y una profunda ojera en el vientre, la ojera de la maternidad frustrada o prematura o quién sabe qué.

La revista era una cosa coloreada, triste, españolísima. El erotismo provinciano de la época se hacía perdonar sus pecados apelando, entre vedette y vedette, a un viva-Cartagena de patrioterismo, triunfalismo o lo que fuere. Soldadito español, soldadito valiente, la española cuando besa es que besa de verdad, y cosas así. Luego, el erotismo se ha politizado en sentido contrario, como todo, y hoy, enseñar una pierna o un seno es hacer terrorismo contra el establishment, pero entonces estábamos aún en la picardía, en lo verde, y eso había que hacérselo perdonar con vivas y piropos raciales. La diferencia entre el erotismo y la picardía puede que sea ésa: el erotismo es el sexo como desafío y la picardía era el sexo como culpabilidad.

La revista pasaba por la provincia como una música fungible, habitada de diosecillas gordas, diosecillas delgadas, graciosos como viajantes de comercio, viajantes de comercio que habían dado en graciosos, galanes de galanura equívoca y madres de las vicetiples, porque aún había algunas vicetiples que se llevaban a la madre por provincias, y este conjunto de señoras generalmente viudas, enlutadas, comedoras de ensaimadas, suspironas a la puerta de los camerinos, era como el secreto coro griego de la revista, el coro luctuoso que un empresario de genio debiera haber debido sacar a escena, detrás de las chicas del muslito volandero, como un friso de Bernardas Alba.

La revista, pues, no resolvía gran cosa, y entonces había que apelar a lo de siempre, a lo de casa, a lo de toda la vida, que eran los tres o cuatro cabarets de vida más o menos nocturna que la ciudad-arcediana soportaba en su matriz última, como un olvido, allá por las plazas medievales o por las afueras con ruido de motos.

El cabaret, el café cantante, la sala de fiestas o lo que quiera que fuese aquello, solía estar al otro lado del río y tenía algo de choza afrocubana mal imitada, algo de Moulin Rouge de pueblo y algo de colmao sevillano sin suerte. Allí había flamenco malo, zarzamoras con la cena entre pecho y espalda, bailonas de falda tubo, señoritos del comercio local y putarazanas de toda suerte.

Si la chica de revista era antojadiza, caprichosita, madrileña, exquisitilla, veleidosa, inviolable y voraz, la señorita de cabaret, que se había quedado en aquella ciudad a la querencia de un señor ganadero o de un señor abogado con ambiciones políticas, era, por el contrario, muy estable, muy paciente, muy decidora, muy cariñosa y muy de confianza. Le daba lo mismo pasarse la noche jugando a las cartas, haciendo el amor, contando chistes de loros, bebiendo tinto, visitando hospitales o paseando en moto.

El caso era pasar la noche, y pasar una noche de provincias hacia mil novecientos cincuenta, en España, fuera de la cama hogareña y dormilona, no era cosa fácil, palabra. De modo que allí se hacía lo que se podía, pero siempre acababa siendo mucho dinero, demasiado dinero, sobre todo en competencia con los niños-vestidos-de-blanco, que, naturalmente, ya no eran tales niños-vestidos-de-blanco, sino unos señoritos de posibles, moto o descapotable, traje cruzado, tabaco rubio, piragua en verano, chalet de bacanales durante todo el año.

Si no había nacido uno dentro de la casta de los niños-vestidos-de-blanco, cuyos padres solían detentar despachos, direcciones provinciales y cosas así, en la ciudad, lo mejor, a la hora del sentimiento, eran las meretrices de siempre, las viejas meretrices que ya los moros habían dejado para el arrastre, pero que, veinte años más tarde, seguían dando la batalla, defendiendo la noche, matando el día, trayendo al mundo hombres que habían llegado a ellas como niños, recibiendo a las sobrinas del pueblo para que se iniciasen, a su vez, en los menesteres meritorios del corazón.

Íbamos mucho por allí, teníamos confianza con ellas, nos tomábamos una botella de algo a medias, cantábamos canciones asturianas y vascas a coro, y otras que no eran asturianas ni vascas, sino de la España toda, qué polvo tiene el molino qué polvo la molinera, y en el día de pasar revista en el dispensario, las ayudábamos a ceñirse los corsés, encontrar las medias, recoser las enaguas, hacer correr los grifos, apurar las barras de labios y esmerar la higiene. Volvían del dispensario limpias, absueltas de cuerpo, revacunadas, contentas, señoritas, y entonces era cuando podíamos tener con ellas el amor más alegre y destrozón.

Así nos echaron a la vida, mujeres de lencería fina, como abadesas del pecado, o mujeres astrosas de embarazo sempiterno y ojo desviado, como legas de aquel claustro atroz. Lo pasamos muy bien con las meretrices, y quién se acordaba ya de los moros. A lo mejor venía el mal, la purga, el pecado, el purgatorio venéreo, y entonces era ella, los gritos en casa, el escozor en el alma, un dolor entre algodones, pero ya estaba la penicilina en el hongo, virginal, nieve ilesa nevándonos el corazón calenturiento.

De la enfermedad se salía hombre, macho, curtido, vacunado, crecido en el castigo, dispuesto a tentar en seguida la suerte, como el torero después de la cogida, y de esta manera violenta, turbia, arriesgada y dolorosa, ellas nos echaron a la vida. Fueron nuestras segundas madres.

Eran años de hacer oposiciones y casi todos los niños de la guerra fuimos opositores. Unos abandonamos antes de tiempo y nos fuimos a la cuneta, otros perecieron en el empeño y hoy venden lotería por los bares, hacen encaje de bolillos en el aire, en los patios de los reformatorios mentales, van por la vida con la epileptina en el bolsillo o asesinan niñas en las costas murcianas. Dos o tres, en fin, sacaron las oposiciones, se casaron con una novia de toda la vida, son muy amigos del párroco de su pueblo y leen la prensa de Madrid con una semana de retraso. Han conseguido esa felicidad única posible de este país que consiste precisamente en eso: en llevarse bien con el párroco, vivir del escalafón oficial, enterarse de lo que pasa en Madrid con el suficiente retraso como para que ya no sea grave y tener una esposa absolutamente fiel, ignorante incluso de lo que Nietzsche llamó «el adulterio mental», tanto por la sólida formación de la hembra como por falta completa de posibilidades, incluso de posibilidades nietzscheanas, o sea, imaginativas.

De modo que las oposiciones no son tan malas como dicen. Pero el opositor era un tipo curioso y característico de nuestros años cuarenta y cincuenta. No sé si ahora hay opositores, pero me parece que las relaciones públicas y otras nuevas profesiones, como la donación de sangre a la Unesco (no está muy claro para qué quiere tanta sangre la Unesco, ni siquiera si es la Unesco la que siempre está pidiendo sangre). Nosotros, no. Nosotros fuimos opositores de ocasión, casi todos, que una tarde nos metimos al cine con una señorita de la academia y ya nunca más volvimos a abrir el libro de los temas, porque aquella señorita nos decía que ya vería ella la manera de salir adelante con todo. (Luego, aquella señorita, que lo que quería era casarse en seguida, no salió adelante con nada, excepto con la barriga, y fuimos nosotros quienes tuvimos que ir sacándolo todo adelante, pero de otra forma, ya, sin oposiciones, certificados, diplomas, hojas de estudios ni convalidaciones: con la carita limpia, que es lo único que a veces da algún resultado en este país.) El opositor de nacimiento, aquel a cuya madre le decía la comadrona, señora, ha tenido usted un opositor, el opositor nato o nonnato, digo, era aquel amigo sombrío, bueno, sensato, fino, que iba siempre muy de gris, andando como una persona mayor, y que sólo leía la página de oposiciones del *ABC* y el Boletín Oficial del Estado, muchos Boletines Oficiales del Estado. El opositor quería ser catedrático, notario, registrador, oficial mayor, abogado del Estado, cosas terribles.

Puede que al opositor le haya sucedido el ejecutivo o el tecnócrata, que es una especie igualmente aséptica, triunfadora y banal, una especie de opositor abreviado, americanizado, sinóptico, fumigado, bienoliente y velocísimo. El opositor pertenecía aún a la España del covachuelismo, llevaba caspa en las hombreras, se le transparentaba el Derecho Civil por entre la alopecia incipiente, se mordía las uñas, iba poco al cine y estaba días enteros en bibliotecas universitarias, profesorales, especializadas, inmerso en la penumbra, alumbrándose con un flexo, cuando tan fácil le hubiera sido estudiar a la luz del día, en los jardines o a la orilla del río. El opositor tenía una novia a la que le había explicado brevemente su plan de estudios y, si ella aceptaba el plan, se separaban hasta cinco años más tarde, en que volverían a reunirse para tomar una merienda con picatostes, durante la cual él le iba explicando a ella cómo iba la marcha de los ejercicios-previos-posteliminatorios-selectivos-secundarios-electivo-orales.

Y si todo eso iba bien, dos o tres años más tarde, él hacía el examen último, se quedaba en expectación de destino y por fin se casaban, cuando de los cuerpos de ambos había huido toda malicia juvenil y lo que reunía la cama del hotel de provincias eran dos fardos de soledad, aburrimiento, celulitis, inexperiencia, arrepentimiento, miedo y sentido común. A las oposiciones, ya se sabe, las llamaron «la otra fiesta nacional» con agravio para la primera, la taurina que no es tan sangrienta ni con mucho.

El opositor, al cabo de los años, destinado a una lejana cabeza de partido judicial, aparece de tarde en tarde por nuestra vida, nos sonríe con suficiencia y timidez, habla del escalafón, tiene unos niños muy ricos, y no deja de ser aquel chico que sacó las oposiciones. Todavía hay un respeto para eso, en el país. Lo que pasaba con los opositores era que se les iba el tiempo, la vida, la actualidad, y que se habían quedado en Gaínza, Negrete, Elena Espejo, Churchill, el bolero, las sulfamidas y Rafael Duyos.

Cuando uno quería hablarles de algo que no fueran

las oposiciones, saber cómo veían ellos el mundo, resultaba que el opositor no tenía nada que decir, o decía cosas muy antiguas, porque lo primero es lo primero, asegurarse el porvenir, una cosa para toda la vida, hacerse un hombre, la nómina del Estado, que es lo fijo, luego ya veremos, tiempo habrá para todo, y resulta que no había tiempo para nada, pues, solía llevárselos por delante la encefalitis, la meningitis o la diarrea (tantas horas de silla no son buenas para el recto). La encefalitis, la meningitis y los cuernos son enfermedades mentales que por entonces aquejaron mucho a los opositores, pues había novia que, harta de tanto derecho civil, se los ponía por lo criminal en todo lo alto de la corteza encefálica.

El opositor era envidia de nuestras madres, ejemplo y espejo que se nos ponía delante, sentido común con corbata, pero nosotros, que habíamos leído poco a Balmes y que apenas si le conocíamos por las primeras páginas de *El Criterio*, sus metáforas ferroviarias y los billetes de a duro donde venía reproducido, no teníamos muy claro el concepto de sentido común y seguíamos perdiendo la vida hermosamente.

El opositor solía salirse con la suya, a veces un grado por debajo de lo que se había propuesto, de modo que el futuro abogado del Estado quedaba en oficial de Juzgados, pero ya dijo Ortega que este país podíamos arreglarlo poniendo a todo el mundo un poco más abajo de donde está. El opositor, que no había tenido tiempo de leer a Ortega, no rebajaba sus aspiraciones por modestia ni por arreglar orteguianamente el país, sino porque los libros podían con él, la libido le comía y era ya todo morbo, de modo que había que sacar unas oposiciones más fáciles y casarse con Sagrario de una vez, porque a Sagrario se le iban madurando en exceso aquellos que el poeta (un poeta al que el opositor tampoco había leído) llamó los negros melones de tus pechos. Decía así el lírico: «Da al rumor de la misa los negros melones de tus pechos». Era lo que los cancioneros apócrifos de posguerra habían convertido en Chaparrita, la divina, la que va por las mañanas al templo para rezar.

La musa lorquiana, la Chaparrita de posguerra, la novia del opositor, en fin, daban al rumor de la misa, al rumor de la vida y al rumor de los hombres que pasaban por la calle, arrimándose hasta la faja, los negros, los enlutados melones de sus senos, que bajo el salmantino luto nerudiano se marchitaron en varias generaciones de novias de opositores.

El opositor, criatura de cefaleas y cefalalgias, todo memoria, con la cabeza apepinada por dentro, deforme en una dirección o en otra, como las de los niños de aquella civilización exótica de cráneos prensilmente desfigurados, el opositor, con el cráneo ocultamente apepinado, como Pericles, era, efectivamente, el Pericles triunfador de todas las oposiciones, con la cabeza llena de Derecho Romano. Después de las generaciones quemadas por la guerra, vinieron las generaciones quemadas por la oposición. Y decían que el país no levantaba cabeza.

Lo contrario de un opositor era un enchufado. El enchufe y la oposición eran fórmulas vitales contrapuestas, antagónicas, antípodas. Eran, incluso, concepciones del mundo distintas, maneras de estar en la existencia que respondían a filosofías encontradas. Así, la oposición se inscribía en el aristotelismo, en el tomismo, en una concepción del Universo como eternidad, perennidad, inmutabilidad y armonía de las esferas. El tiempo estaba por delante, el tiempo no existía, el opositor podía tomarse todo el tiempo necesario, años y años, para preparar su oposición.

La perfección soñada, el paraíso, el olimpo de las perfecciones absolutas estaba en alguna parte, y se opositaba a él opositando a judicaturas. La misma fe que sirve para confiar en la armonía de las esferas, en el orden del Universo, con la aspiración de integrarse en él algún día, sirve para preparar unas oposiciones a Aduanas. El enchufe, por el contrario, respondía en aquellos años a una concepción de la existencia como azar, como emergencia, una concepción existencialista, sartriana, del acto como realización. Un funcionario sólo podía hacerse funcionando; no estudiando funcionarismo en su casa. Se llegaba a la esencia por la existencia, se llegaba a la definición de funcionario por la función. Era el culto de lo inmediato. Søren Kierkegaard, Martin Heidegger y Jean-Paul Sartre estaban detrás de todo esto, pero nosotros no lo sabíamos y el español medio decía que era una inmoralidad. En todo caso, los niños-vestidos-de-blanco disfrutaron sustanciosos enchufes en cuanto dejaron de ser niños-vestidos-de-blanco.

Algunos de ellos, por supuesto, prefirieron cursar carreras técnicas en Deusto, con los jesuitas, como otros, luego, las cursarían en Navarra, pero en cuanto el niño-vestido-de-blanco salía un poco calavera, se le metía en una oficina de las que surgieron por entonces, o se le amonestaba para que hiciese unas oposiciones al Servicio Nacional del Trigo. Tampoco sería justo ocultar que casi todos los españoles de entonces, y no sólo los niños-vestidos-de-blanco, tuvimos algún enchufe más o menos duradero. Un día, de pronto, un señor amigo de la familia, que tenía mano en algún sitio, nos daba una carta para ir a ver a otro señor, en una oficina, y al día siguiente, o a primero de mes, estábamos colocados con mil cien pesetas mensuales, por ejemplo, u otra cantidad igualmente caprichosa.

Una vez en el enchufe, el enchufado tenía que procurar moverse lo menos posible. Se cuenta de un funcionario-jefe que les dijo a sus subordinados, al tomar posesión de un nuevo destino, allá por el hondo Sur: «Señores, la única manera de que esto funcione a la perfección es que no se toque jamás un papel». Eso es. Las oficinas que van bien son aquellas en las que nadie toca nunca un papel, porque los papeles levantan mucho polvo y lo mejor es dejarlos quietos, que ellos ya saben lo que hacen. A medida que van llegando nuevos papeles, se les deja exactamente en el sitio donde cayeron, con el mismo respeto con que el poeta observa y no toca la hoja del árbol caída. Hay que tener un sentido fatalista y estético de la oficina, como el poeta lo tiene del otoño.

Enchufado había que, una vez en el enchufe, se ponía a revolver, incordiar, dar malas contestaciones al público por la ventanilla (cosa que en principio no está mal, si se tiene sentido de la medida) y, naturalmente, acababa en la puñetera calle, pues estaba claro que no servía vara enchufado. Quienes realmente progresaron en sus enchufes y hoy son gente importante, con cargos seguros y suculentos, sin que nadie se acuerde ya de que empezaron como enchufados, son aquellos que supieron estarse quietos desde el primer día, y eso que por entonces aún no se habían inventado las quinielas y el enchufado no tenía absolutamente nada que hacer en su enchufe.

El pueblo, con su sano sentido metafórico, había inventado lo de enchufe para definir el cargo que permitía una adherencia volitiva y eficaz al sistema monetario del país, de modo que una porción de la corriente fiduciaria pasase por sus bolsillos. El enchufado, aguantando los calambres del enchufe como un fakir hindú de feria, llegaba a habituarse al sitio, a la oficina, al polvo, a la quietud, al público, y no tenía más que llegar por las mañanas, siempre un poquito tarde, pero no demasiado, lo imprescindible para salvaguardar la tradición covachuelista española, y ponerse a leer el periódico, escribir cartas, llamar por teléfono a las niñas topolino, limpiarse las uñas, comer un poco de mortadela, salir al bar de enfrente a tomar un café, volver a la oficina, mirar el reloj, bostezar, escuchar un chiste del jefe, sacar punta a un lapicero, decirle cositas en voz baja a la enchufada, pues a veces había unas enchufadas muy ricas, y marcharse al lavabo, hacia la hora de salida, para colocarse la corbata de rayas verticales (como la de Glenn Ford en *Gilda*) y peinarse un poco.

Si el enchufado sabía hacer esto durante todos los días del año, mañana y tarde, a lo largo de meses, de años, de quinquenios, metódicamente, una cosa después de otra, sin confundir el ritmo ni el orden de los actos, un día se veía merecidamente ascendido a otro enchufe más importante, dentro de la oficina, y ya no era realmente un enchufado, sino un ente dentro del escalafón administrativo, un funcionario, una cosa que ascendía, un cuerpo sometido a las leyes físicas de la gravedad administrativa, que es todo lo contrario de la otra gravedad, y que hace que los cuerpos pasivos vayan hacia arriba en lugar de ir hacia abajo. Pero no todos los enchufados tenían tanta paciencia, ni valía la pena, muchas veces, pasarse años de enchufado, pues, por otra parte, las novias de los enchufados solían ser menos pacientes que las novias de los opositores, y les exigían que progresasen en la vida y se hiciesen un porvenir rápidamente.

Así como la novia del opositor nació sufrida, tranquila, resignada, esperanzada y suspirona, la novia del enchufado era señorita con mucho nervio, como una jaca andaluza, niña que quería comprarse en seguida un haiga, ir de viaje, tomar gambas a la gabardina y ver películas de estreno. El enchufado, como hombre más contingente que el opositor, se había elegido en la vida, asimismo, una señorita muy contingente, generalmente una chica topolino, ya está dicho, de modo que se metían en unas contingencias terribles y había que casarles como fuera, buscarles un porvenir o enviarles a Venezuela, que era un país al que iban mucho los españoles sin destino de los años cincuenta. De Venezuela solían volver con unos coches azules enormes, unas pulseras de oro para caballero que aquí no se veían aún y hacían muy raras, y unas cuentas corrientes y créditos bancarios a cargo de ciertos negocios de maquinaria agrícola, importación y exportación y cosas así.

El enchufado, en una palabra, era más vital que el opositor, era su antagonista, y había elegido el enchufe por inmediato y circunstancial. Pero lo abandonaba pronto para irse a Venezuela, o para poner un cine, asesinar a una anciana viuda y robarle los cubiertos de plata, casarse con una señorita rica, hacerse futbolista de tercera o ganar un premio literario. Los opositores han llegado pacientemente, calvos, al cabo de los años, a los mismos puestos que dejaron libres hace tanto tiempo, por hastío, los enchufados.

A las criadas tradicionales, de toda la vida, que sabían almidonar devotamente las enaguas de la señora y las camisas del señor, a aquellas criadas se las llevó la guerra, con el volteo y la dispersión de los hogares, y nunca más volvió a saberse de ellas. Unas desaparecieron con los cubiertos de plata y las sábanas de hilo, otras se pasaron con su hombre a la zona roja, y las más fieles y pacientes, las más sumisas e irredimibles, se quedaron velando un piano, una consola, un Cristo de marfil, hasta la vuelta de los señoritos, pero fueron los señoritos quienes no volvieron nunca.

Uno de los trastornos más molestos que trajo la guerra a la burguesía fue éste de tener que cambiar de criadas, porque hubo que empezar de nuevo, enseñar a unas mujeres del pueblo cómo se le hacían las lorzas en las camisas al señor y cómo se le dejaba el huevo pasado por agua en su punto a la abuelita. Las de antes de la guerra ya estaban enseñadas, porque había como una genealogía del servicio, generaciones enteras de criadas y criados que habían estado siempre a la sombra de los señores y conocían bien la hora de encender los candelabros, la hora de llamar para el rosario y la hora de prepararle los pediluvios a la dama. Pero después de la guerra vinieron, no se sabía bien de dónde, unas mozas agrestes, unas viejas de Goya, unas criadas con las que nuestras madres (y sobre todo las madres de los niños-vestidos-de-blanco) no hacían vida. Se había perdido en poco tiempo una tradición de siglos, porque ocurre que el pueblo, aun cuando esté muy bien enseñado a servir, en seguida se encalabrina, si le dan una oportunidad, y pide la cuenta.

Esto es lo que salva al pueblo, de tarde en tarde, incluso en España, su facilidad para pedir la cuenta. Las criadas de antes de la guerra se fueron sin siquiera pedir la cuenta, y la mayoría se cobraron en sábanas y vajillas, ya está dicho, pero las que vinieron después venían como vaquillas toreadas, maleadas, sabiéndoselas todas, y ya no había aquellos apaños de siglos con el señorito, sino que, si al señorito se le iba la mano, en seguida armaban una trapatiesta y empezaban a decir que aquellos señoritingos de mierda y aquellas señoritingas de mierda, de modo que la carne fámula y resignada de antaño se perdió para siempre. A la criada había que ganarla de otra forma: la señora, comprándole mucha ropa nueva y dándole muchos días de salida (se acabaron los vestidos y los bolsos heredados de la señora) y el señor sacándola de supervedette en una compañía de revistas, a ser posible con libreto de Muñoz Román, que tenía el éxito garantizado.

La burguesía feliz había cantado aquello de pobre chica la que tiene que servir, y había novela verde sobre el tema, como luego ha habido comedia picante, pero las pobres chicas que tenían que servir, algo ganaron con la guerra (el pueblo siempre gana o aprende algo con las guerras, aunque las pierda, porque ya nada vuelve a ser exactamente como antes) y ahora amenazaban con irse a trabajar a una fábrica de penicilina, con irse de criadas a París o a Londres, con irse a Madrid de vicetiples. Entonces se puso de moda hablar mucho de criadas, y no me diga usted, que hay que ver cómo se está poniendo el servicio. Las criadas ya no eran las mismas, el pueblo había perdido en buena medida su sentido reverencial, y a pesar de las apariencias, aún no lo ha recobrado, y, si hay suerte, puede que ya no lo recobre nunca, porque eso es una tarea de siglos y nadie sabe si a la burguesía le quedan siglos por delante para reeducar al pueblo.

Un escritor había hablado, antes de la guerra, de las excursiones al cuarto de la criada de manos escamosas. Bien, pues se acabaron las excursiones. La criada joven, nueva, recental, veía un mundo de plexiglás y lo quería todo para ella. La criada ya no se entregaba por reverencia, por respeto, por miedo, sino que se encampanaba y pedía lo suyo. Los niños-vestidos-de-blanco, últimos que tuvieron criada en el país, aún alcanzaron a desflorarse con ayas complacientes, con ayas viciosas, con primeras doncellas sin doncellez pero los otros, los demás, no encontramos esa suplencia doméstica, cercana, salvadora.

Porque la criada prestaba sus más importantes servicios secretos en la pubertad del mocito. Entre la iniciación en familia, con las mujeres de la casa, que hubiera sido una cosa incestuosa y tremenda, o la iniciación en el lupanar, con mujeres crueles de amor acre, la criada era una fórmula intermedia perfecta, porque venía a hacer las veces de consanguínea supletoria, pobre, de segundo orden, y de meretriz honesta, decente y doméstica.

Iniciarse con la hermanita, con la prima o mirando

por el ojo de la cerradura los pediluvios de la tía hermana de mamá, era una manera casi shakesperiana de iniciarse, algo imposible para una burguesía educada, no en Shakespeare, sino en Calderón de la Barca. Iniciarse con las meretrices era ultrajante, peligroso, carísimo y, como se dijo después, traumatizante. Así, como no había otras hembras a mano, la iniciación con la criada se hacía inevitable. La criada era como una prolongación clandestina y plebeya de mamá, de modo que el Edipo-vestido-de-blanco no lo dudaba un momento. La criada era montaraz como la meretriz, pero era de confianza, olía a los guisos de la familia, con ella no había inhibiciones ni extrañezas.

Las señoras nunca vieron bien que sus hijos se iniciasen con las criadas, pero la verdad es que la educación burguesa no había previsto nada mejor para el desfloramiento de los ilustres delfines de su casta. El niño que no encontró a tiempo una criada amante, encebollada y dulce, ese niño lleva en el alma una carencia freudiana que hoy tara su comportamiento de adulto. A las criadas se las contrataba, en apariencia, para barrer la casa, planchar la ropa, ponerles perejil a los guisos y cantar canciones asturianas muy de mañana. Pero esto no dejaba de ser un convencionalismo más dentro del convencional mundo burgués. Para lo que se contrataba a la criada, realmente, sin que nadie se atreviese a confesárselo abiertamente, dada la natural hipocresía de clase, era para muy distinta cosa. Ni más ni menos que para iniciar al delfín en la virilidad. De esto no se hablaba nunca, naturalmente. En esto ni siquiera se pensaba, pero la criada que conocía su oficio y el destino de su clase, ya sabía lo que tenía que hacer. Así las cosas, la criada era un remedio más que la clase burguesa se había buscado para una carencia fundamental de su programa biológico. La burguesía ha creado hermosos mitos, como los Reyes Magos, la cigüeña y el orden, mas luego le ha fallado la solución de continuidad, la fórmula de transición de los Reyes Magos a los grandes almacenes, de la cigüeña a la cópula y del orden a la guerra.

Pero la burguesía necesita de los grandes almacenes, de la cópula y de la guerra, de modo que llega el momento en que cada uno de los mitos se descongela, se desencanta, se convierte en su cruda y nuda realidad, y para ese deshielo no está preparada la cultura burguesa. No hay respuestas, no hay soluciones de continuidad, no hay procesa dialéctico dentro de una cultura más proclive a fabricar mitologías que a dar explicaciones. De este modo, hubo que inventar la fórmula de la criada-amante para resolver una de esas transiciones. Aunque quién sabe si, como otras veces, fue el pueblo quien se metió de por medio para arreglar las cosas. Hoy, cuando las criadas paran poco en casa, no están apenas con el impúber, porque tienen que ir a clase de inglés, a clase de francés, a secretariado y a los *happenings* que dan sus novios (casi todos exseminaristas), hoy, decimos, resulta que el impúber no encuentra la fórmula, la hembra, la desfloración doméstica, tierna y cerril, a la hora del desayuno, y de esta carencia ha nacido la delincuencia juvenil, la protesta estudiantil, la desorientación de los hippies, la marihuana, el sadismo, el sexo, la pornocultura y la canción protesta.

Los gamberros fueron, allá por los años cincuenta, los primeros en levantar la voz en este país vocinglero de por sí, pero súbitamente silenciado y silencioso. Los gamberros protestaban contra nada, que no es lo mismo que no protestar de nada. El español medio no protestaba de nada, salvo de los retrasos del autobús, y el español afortunado no tenía de qué protestar, pero los gamberros, empleados jóvenes, horteras, obreros, rompieron de pronto los cielos convencionales del silencio, en las noches del fin de semana, con sus gritos, sus canciones, sus risas, sus ruidos y sus motos.

Don Eugenio D'Ors, tenido por escritor tan de derechas, dedicó algunas glosas estimulantes a los gamberros: «No queremos un país lleno de pisapapeles», decía. Los gamberros venían a alborotar un poco los papeles. Se decía aquello de que la juventud estaba desideologizada, y más aquella juventud no universitaria en la que solía aflorar el gamberro, de modo que la protesta callejera, ruidosa, nocturna, destrozona, de los gamberros, no tenía contenidos ideológicos ni destino concreto, sino que era un gritar por gritar, a ver qué pasaba. Ellos ponían el grito en el cielo falso y establecido, ladraban a la luna del aburrimiento, sentían que aquello no era vida, que aquello no era juventud, que allí no pasaba nada, y soltaban sus energías, su voz, su pataleta, a modo de catarsis sabatina. Los gamberros fueron los precursores saludables de otras cosas que han venido después, ellos se anticiparon a la conciencia crítica del país, pues si bien es cierto que no traían mensaje ni buscaban objetivos, su berreo vino a romper por primera vez un silencio de años.

Por entonces alumbraba el *teddy boy* en Inglaterra y el *blouson noir* en Francia. Nacía la delincuencia juvenil, que era un fenómeno social, naturalmente, la consecuencia de una educación o de una falta de educación, de unas represiones, la respuesta a las provocaciones de la naciente sociedad de consumo y la protesta confusa, ciega, indecisa, de una juventud que no estaba conforme con el mundo aburrido, convencional, injusto y tonto de los padres.

La versión celtibérica y provinciana de todo eso fue el gamberro. Los niños-vestidos-de-blanco no hicieron gamberradas, porque nunca las habían hecho. Lo suyo se llamaba calaveradas. Eran unos calaveras, herederos de los distinguidos perdis de la sociedad isabelina. Los que no éramos niños-vestidos-de-blanco hicimos gamberradas, fuimos gamberros, antes o después, durante mucho tiempo o poco tiempo, según, al menos en algún fin de semana de invierno o de verano, con hambre de todo, con poco dinero, con vino, rabia, risa y miedo.

Los gamberros no sabíamos lo que queríamos. No queríamos nada y lo queríamos todo. Salíamos con nuestra ropa de domingo, que nos hacía más fuertes, pero que tampoco acababa de gustarnos, con nuestro pelo un poco revuelto, con nuestras corbatas sobredoradas y nuestros pantalones de boca inverosímilmente estrecha. El mundo era nuestro. El mundo no era nuestro. Las cosas que nos habían enseñado, ya las teníamos olvidadas por aburridas. Otras cosas no sabíamos, de modo que nuestro presentimiento de que el mundo no estaba bien hecho era sólo una cosa confusa, oscura y obstinada. Era eso, un presentimiento.

Después de una semana laboral y escasa, después de unos años, siniestros y melancólicos, los adolescentes violentos nos echábamos a la calle, en pandillas, con una moto para todos, a empujar a las viejas, perseguir a las chicas, silbar a los caballeros, mear en las fuentes, aporrear los automóviles, llamar a las puertas, herir de muerte a los faroles y apedrear a las estrellas. Sólo eso.

Luego, la delincuencia juvenil ha ido a más en el mundo, y también en España. Hoy se roban automóviles y se trafica en marihuana. Nosotros solamente robábamos la bicicleta del lechero y traficábamos en tabaco rubio. La sociedad española estaba muy alarmada con los gamberros, sin embargo, y los periódicos dedicaban al tema calientes editoriales justicieros. El gamberro era el comodín editorial para el día que no había que meterse con los rusos o cantar a Isabel la Católica. Nosotros no leíamos aquellos editoriales, naturalmente. Los gamberros sólo leíamos novelas del Coyote, el *Marca* de los lunes o de los martes, tebeos y carteleras de cine.

Después de un sábado y un domingo de bronca, berrido, patada, frío y carrera en mitad de la calle, llegábamos al lunes laboral o estudioso con el cuerpo tronzado, los ojos rojos y el corazón rebosante de una tristeza animal. Pobres de nosotros. Necesitábamos aquel desahogo semanal, pero nos servía de poca cosa.

Nuestro grito estaba vacío, nuestras piedras no iban contra nadie. Éramos unos revolucionarios abstractos, unos anarquistas del alumbrado urbano, antagonistas del farol y de la acacia. Pero nada más.

¿Dónde vas tú, sentimental catástrofe, roto soneto, galgo pasante por tu borrado escudo?, así había escrito un poeta de por entonces. Dónde íbamos nosotros, sentimentales catástrofes, rotos sonetos, galgos de hambre pasantes por el borrado escudo de la mediocridad.

Se condenaba la protesta del gamberro por gratuita. Pero ¿es que se hubiera admitido una protesta no gratuita? Como nos habían dejado sin argumentos para defendernos o para atacar, lo nuestro era meramente intuitivo, animal, y teníamos el instinto juvenil del inconformismo sin canalizar. Había otros chicos, quizá, que estaban leyendo libros, o escribiendo libros, y que sabían lo que querían y cómo pedirlo o robarlo. Nosotros no sabíamos nada. Estábamos en mitad de la calle con nuestro pelo revuelto, nuestra corbata de domingo, nuestro pantalón ajustado y nuestros zapatos de puntera agresiva. Eso era todo. No era nada.

Los gamberros la teníamos tomada con la luna de enero, como los gatos. Íbamos por la calle principal asustando a la gente, luego corríamos al extrarradio a perseguir a las putas, despertar a los muertos, marear a los serenos, enrabiar a los perros, apedrear a la luna, insultar a los viejos y matar a los gatos. Acabábamos sintiéndonos épicos a fuerza de barbaridad, de pólvora en salvas. Escribíamos cosas en las tapias del cementerio, le decíamos requiebros fisiológicos a la chica que pasaba, bebíamos un vino barato y juvenil que nos cambiaba el corazón de sitio.

El gamberro de los años cincuenta españoles era la

voz en el desierto, un anarquista sin bombas y sin ideas que quería pasarlo bien a fuerza de pasarlo mal. No sabía dónde estaban los enemigos, y por eso se ensañaba con los faroles. No sabía dónde estaba la mentira y la verdad, y por eso se ensañaba con la luna, que no es verdad ni mentira. No sabía nada, el pobre, no sabíamos nada, pero del haber sido gamberros en su momento justo (quizá lo único que fuimos en el momento justo y a tiempo) nos ha quedado la inercia de tirar la piedra, pegar el grito, orinar por las puertas de los burgueses y alborotar la noche hipócrita con un aullido de animal herido. La gamberrada era un atentado sin ideología, el arte por el arte, el acto gratuito. Pero luego hemos sabido que no hay nada gratuito.

La velocidad es libertad en acto. Los que trajeron las primeras vespas no sabían lo que hacían. Trajeron las gallinas de la libertad. Con la democratización de la velocidad, en España, allá por los años cincuenta, empezaron todos los males. La velocidad es un simulacro de la libertad, como el confort es un simulacro de la justicia. Pero a veces son peligrosos incluso los simulacros.

Las escapadas en bicicleta, años atrás, tenían el límite de las propias fuerzas, de la tracción de sangre, de modo que el ciclista estaba como atado por una goma al punto de origen, a la butaca de mamá. Era cabra que tiraba al monte, la mocita en bicicleta, cabra con cuerda más o menos larga, pero con cuerda al fin. Además, estaba la edad. Porque la bicicleta nos la dieron a los once años, y a los once años se conforma uno con dar la vuelta al mundo en ochenta minutos y a casa. Pero la vespa nos la dieron a los dieciocho o a los veinte. La vespa traía un prestigio de cine italiano y en seguida se democratizó en España, y había cantables sobre la vespa, y se llamaba vespasianas a las señoritas que viajaban en vespa con sus novios. La vespa, más que una marca de fábrica, era ya el nombre genérico de todo lo que tenía dos ruedas y un motorcito. Los galanes horteras del neorrealismo rosa de

Cinecittà se llevaban a sus novias en vespa a las landas del erotismo, y los galanes españoles de provincias procuraron, procuramos hacer otro tanto. La vespa tuvo en seguida una leyenda erótica, y no sin razón. Porque lo cierto es que la pareja perdía muchas inhibiciones al poner tierra de por medio entre ellos y la familia, la moral, las costumbres, los prejuicios, los usos, el qué dirán y todo eso.

Se supo entonces, gracias a la vespa, que la moral es tanto una cuestión de tiempo como una cuestión de espacio. Las venecianas del Renacimiento se escotaban hasta por debajo de los pechos, para sorpresa y deleite de los visitantes extranjeros. Dicen que hay una moral natural, pero lo cierto es que ha habido una moral natural renacentista, una moral natural del medievo, otra moral natural de los griegos, otra del XIX, otra de nuestro tiempo, etc. Cada época alumbra su moral natural y eterna. Pero no sólo es contingente la moral respecto del tiempo, sino, cosa más curiosa, también respecto del espacio. Y no sólo porque las negras de los países lejanos vayan con los senos al aire (hasta que llega un colonizador, las viola y les pone un sujetador), sino que, sin irse tan lejos, basta con los cinco kilómetros de alejamiento del casco urbano que se solían hacer en la vespa para que las cosas cambien y los tabús se reblandezcan. Burgués es o era el habitante del burgo, según la socorrida definición etimológica, de modo que en cuanto el burgués se sale del burgo pierde toda su armadura burguesa y se convierte en otra cosa.

La burguesita española de los años cincuenta era consecuente con la moral del burgo, pero pronto se descubrió que alejándola de su burgo era otra. La educación, la cultura, los prejuicios, la moral, las normas, tienen una vigencia relativa en el tiempo y en el espacio: en el tiempo histórico y en el tiempo concreto de nuestra vida, pues no se tiene la misma moral a los veinte años que a los cuarenta. Y en el espacio geográfico universal tanto como en el espacio provinciano local. La vigencia de la moral local tenía en los burgos españoles un área de unos cinco kilómetros desde la Plaza Mayor hacia el campo. Una vez al aire libre, entre pinares, tomillos, jaras, montes, acequias y cardos, la moral quedaba muy atrás.

No es que todas, absolutamente todas, se soltasen el pelo, pero lo cierto es que los controles tradicionales, fuera de su marco habitual, pierden mucha vigencia. Lo más autoritario de papá, en último extremo, no era su autoridad, sino su inmediatez. A cinco, diez o quince kilómetros del reino nicotinado de papá —aquellos papás que tenían mostacho en el alma—, las cosas empezaban a estar mucho más claras o mucho más confusas. Con esto no contaron los pulcros rectores de la moralidad pública y la corrección de las costumbres. A fuerza de predicar verdades inconmovibles, nos olvidamos de las sutiles contingencias del tiempo y del espacio. Cada Estado de la Unión tiene su ley, cada foralidad española tenía su foro, cada siglo ha tenido su manera de enseñar o esconder los senos de las hermosas. A fuerza de inmovilismo conceptual, habíamos perdido los españoles la noción de las variantes de la moral en la historia, en el tiempo. Pero la vespa vino a descubrirnos la variabilidad de la moral en el espacio.

Si no era posible saltar a un tiempo nuevo, sí que lo era, en cambio, salir petardeando en la vespa hacia la carretera de Madrid o de La Coruña. Ya que no el gran salto en el tiempo, el pequeño salto en el espacio, el vuelo corto de ave de corral en celo. La velocidad era, es libertad en acto, y aquellas señoritas a la grupa de la vespa descubrieron, si no la libertad, sí su suplencia más inmediata, pragmática y libertadora: la velocidad.

Porque el hecho psicológico de montarse en una vespa y salir corriendo tenía sus consecuencias. No se desencadena en vano una reacción emocional. Todo viaje, aunque sea breve, supone la puesta en marcha de un proceso anímico implacable. Hay que ir a alguna parte y para algo. Una vez que se iba en la vespa, la pareja tenía que irse para algo, buscarle un desenlace a aquella parodia de huida, de rapto. La distancia, la velocidad, el peligro, la pequeña aventura, estaban exigiendo su propia justificación. La española-española de los años cincuenta comprendía o intuía que a tomar café con Manolo se puede ir para nada, porque sólo se trata de dar un paseo hasta el café de la esquina, cambiar unos te quiero y vuelta casa. Los novios españoles estaban habituados a salir para nada. Apenas hacían gasto de dinero ni de energías. Todo era un darle vueltas a la noria aburrida de los días. Pero entrando en juego el carburante, el peligro, la mecánica, la pericia de Manolo, la grandiosidad del paisaje, el cambio de altitud, de latitud, de vientos y de olores, la propia dinámica de la existencia empezaba a exigir un desenlace. La inercia de los hechos empujaba, así, en un sentido, en tanto que el alejamiento del término municipal actuaba en sentido contrario, difuminando las sólidas nociones de moral. La moral, por muy concienzuda que sea, rara vez supera sus propios términos municipales. No hay una moral universal. Sólo hay morales municipales.

La vespa, sí, aquella especie de bidet con ruedas pintado de verde, trajo una evasión, una desintegración de sólidas estructuras que habían sido atadas y maniatadas durante años. Se sabía hasta dónde se podía llegar con el besuqueo y el manoseo en el Café Principal o en el Cine Moderno, porque todo —el guardia, el público, los camareros, los acomodadores, las amistades, la familia— estaba allí encarnando la moral sempiterna. Pero en el campo, donde no había público, camareros ni acomodadores, ya no era tan fácil conocer los límites, las reglas del juego. La situación era nueva y había que inventarse un reglamento sobre la marcha.

Si la blusa de Julita, en el cine o en el café, no puede desabrocharse sin escándalo más de dos botones, que es lo negligente, lo inocente, lo convenido, resulta que en la inmensidad de la Naturaleza se pierde fácilmente la cuenta del número de botones de la blusa de Julita, e incluso los botones empiezan a resultar una cosa insignificante, menuda, trivial. ¿Por qué dos y no tres, por qué tres y no cinco? ¿Por qué no todos, por qué no la blusa entera, la maldita blusa? En la Naturaleza, ay, es inútil que busquemos medida para nuestra propia conducta, por muy kantianos que seamos. La Naturaleza no sabe nada de los botones de Julita. Le da perfectamente igual. Y así fue como se perdieron y se ganaron, gracias a la vespa, muchas Julitas nacionales. Y así fue como nuestra generación empezó a tener la medida exacta, reducida, abarcable, manipulable, de una moral que había creído cosa del cielo y que era sólo cosa del Ayuntamiento.

En aquellos años cincuenta, empezamos los españoles, gracias a un país que llaman hermano, Italia, a vivir por delegación las emociones de la libertad, el amor, el progreso y la vespa. No sólo fue la vespa lo que nos llegó de Italia. Nos llegaron otras muchas cosas que reflejo. Los italianos, que teóricamente son hermanos nuestros, habían rubricado con sangre, sangre italiana y española, este parentesco, en los últimos azares históricos, y he aquí que, a fuerza de mirarnos en el país hermano (el otro país atrasado y vocinglero de Europa) empezamos a seguir su ritmo, siquiera con movimientos de cabeza. Francia y el resto de Europa seguían su curso, despegados de nosotros, como siempre, como antes de la guerra, de las guerras, pero lo que ocurría en Italia, país bello, católico y sentimental, como el nuestro, nos ocurría un poco a nosotros, ya que a nosotros, realmente, no nos ocurría nada. La vespa, la novela social realista, los bailables y la pornocultura vinieron de Italia.

Veíamos a los italianos en el cine neorrealista, y luego en aquellas comedias horteras y gritonas, y realmente nos identificábamos mucho con ellos. Estaban haciendo el cine que nosotros podíamos haber hecho y no hacíamos. Estaban haciendo una vida que podía haber sido la nuestra. Estaban dando el salto. Qué tíos. España se llenó en poco tiempo de música italiana, *nel blu dipinto di blu*, la picolissima serenata, buona sera, cine italiano, *La ladrona, su padre y el taxista*, motos italianas y erotismo-spaghetti a la italiana, Gina Lollobrigida, Sofía Loren, Lucía Bosé, Rossana Podestà, Anna Magnani, Silvana Mangano, la Pampanini, Rosanna Schiaffino, Anna Maria Pierangeli, Sandra Milo y todas las demás. Había en Italia una explosión de vida, de libertad, de música, de progreso, de técnica, de política, de amor, de sexo, de dinero, un renacimiento después de los años fascistas. Y los españoles vivíamos un poco todo eso por delegación en los discos de la radio y las películas de los domingos. El calcio italiano era nuestro fútbol. Italia era el espejo colectivo en que nos mirábamos complacidos y melancólicos.

Porque Marilyn Monroe era una cosa sofisticada y americana, lejanísima, y Brigitte Bardot era la desvergüenza francesa de siempre, una ninfa volteriana a la que tampoco acabábamos de entender. Pero Gina Lollobrigida era guapa como cuando las mozas extremeñas salen guapas. Y Sofía Loren y la Mangano y la Pampanini tenían las abundancias, la naturalidad, la bata rota y el grito pelado de nuestras propias mujeres. Ellas sí que pudieran haber sido nuestras novias. Las sentíamos cercanas y cálidas. Fuimos concienzudamente italianizados. Vivimos como nuestras sus guerras erótico-civiles:

*Qué tendrá la Silvana Mangano*
*que no tenga la Pampanini.*

Ya estaba el país partido en dos, en manganistas y pampaninistas. Como tantas veces se había partido nuestro propio país en belmontistas y gallitos. Domenico Modugno le puso música a nuestro despertar sentimental, cuando el primer empleo, la primera novia y el primer traje hecho a medida. *Buona sera, signorina, buona sera.* Y las muchachas de la Plaza de España, que eran tan bonitas. Cuando Lucía Bosé se casó con Luis Miguel Dominguín, los dos países matrimoniaron con ellos, consumaron su idilio. Ya estaba el español vestido de naipe redimido por la matrona renacentista.

Nosotros, los españoles, por entonces, todavía no teníamos un despertar, pero lo tuvimos anticipadamente gracias a Italia. En Italia vimos por anticipado (o en diferido) eso que Antoni Jutglar llamaría luego la España que no pudo ser. Es cierto que Italia estaba expandiendo al mundo su cine, su literatura, su técnica y su música, pero a nosotros nos cumplió esa expansión una especial función redentora. El país hermano era un espejo a lo largo de camino polvoriento de nuestra asendereada vida. Y bailamos nuestra frustración con el bayón de Ana, ya viene el negro zumbón bailando alegre el bayón, repica la charanga y llama a la mujer, dale, chica, dale. Había un don José español que tenía un cine en su pueblo. Estaba en la taberna jugando al mus y había ordenado que le avisasen cada vez que la película llegaba a lo del bayón.

—¡Don José, el bayón! —gritaba en la taberna el portero del cine.

Don José dejaba la partida, se iba corriendo al cine, veía el bayón y volvía con el mus.

El *Don Camilo* de Guareschi reflejaba pugnas entre alcalde y párroco que se habían dado a otro nivel en todos los pueblos españoles. Nuestro erotismo rompió definitivamente gracias a las tremendas actrices de Cinecittà. Por fin nos traía el cine unas mujeres de verdad, de carne y hueso. Hollywood nos tenía acostumbrados a eso que Elsa Maxwell, la cotilla sagrada, había llamado «la brigada de los bustos lisos» (señalando como capitana de esa brigada, por cierto, a Grace Kelly). El cine europeo se veía poco aquí por entonces. Y solía ser un cine demasiado intelectual. Fueron las mujeres italianas de la pantalla, agresivas y cálidas, desgarradas como españolas, las que realmente le dieron al cine tres dimensiones, mucho mejor que el todd-ao. La Gina y la Sofía de los primeros tiempos, la Silvana de *Anna* y *Arroz amargo* («Arroz y pierna» entre los espectadores españoles de general) eran mujeres que habían llegado al cine por los concursos de belleza, por la pornografía, por el exhibicionismo. Y todo eso se les notaba. Llegaban al estrellato todavía sudadas, revueltas de defenderse de los hombres, jadeantes, guapas y naturales. Luego las han sofisticado, a casi todas, han querido hacerlas grandes actrices o grandes burguesas. Pero tuvieron su momento silvestre, montaraz, auténtico, que fue el de nuestro despertar definitivo y un poco aturdido.

A España llegaban los primeros norteamericanos, pero nosotros ya no mirábamos para América. Hay épocas históricas en que un país sin realizar se realiza idealmente en el destino de otro país. Las naciones se buscan un modelo, como las personas, y tratan de seguirlo, de imitarlo, o ni siquiera eso: se conforman con vivir por delegación. Italia tuvo para nosotros una función vicaria en los años cincuenta. (Y todavía la sigue teniendo en algunos aspectos, como lo prueba el impacto secreto de la ley italiana del divorcio en nuestro país.)

De toda la explosión italiana de los años cincuenta, de aquello que se llamó «el milagro italiano», a nosotros sólo nos llegaron unas flotillas de vespas, unas películas, unas canciones y unas visitas tumultuarias de Sofía Loren a Barajas. Ocurrían por entonces diversos milagros en Europa. El milagro alemán, el milagro italiano, el milagro sueco. Alguien ha anotado que, al trabajo de los demás, los españoles le llamamos milagro. El milagro era que aquellos países estaban trabajando de firme y en forma. Italia alumbraba «pan, amor y fantasía», como en el título de la película de la Lollo.

Pan, amor y fantasía. En España teníamos, más o menos, el pan de siempre, y no muy bien repartido. En España teníamos más desamor que amor, porque la batalla de Brunete seguía librándose de alguna forma en las conciencias. En España no teníamos ninguna fantasía creadora, industriosa, porque arrastrábamos herencias muy precarias. De Italia nos llegaba, como una donación de aquellas mujeres abundantísimas, el pan, el amor y la fantasía para los niños que habíamos crecido escasos de esas tres virtudes teologales, de esas tres potencias del alma y del cuerpo.

Había un Madrid-Madrid-Madrid. Lo dijo Agustín Lara. Y en Madrid, una intelectualidad a la crema. («Crema de la intelectualidad», véase el mismo autor.) El sueño de los señoritos y las señoritas de provincias era Madrid. Madrid había sido siempre, visto desde las cabezas de partido, corte de los milagros, reino del chotis, villa de la luz de gas, un sarao popular donde la Infanta Castiza salía de paseo con el Marqués de la Valdavia por las correderas del anacronismo, y aquella broma de Perico Chicote repartiendo Fino La Ina a los Amigos de la Capa, el ojo fijo y loco de Emilio Carrere, la amada mal vestida, la musa del arroyo, cuando vengas a Madrid, chulona mía, voy a hacerte emperatriz de Lavapiés, etc.

En Madrid, de la guerra para acá, la gente se estaba en los cafés, según nuestra visión provinciana y sonriente, saludando a los escritores casticistas, dando la mano a don Federico García Sanchiz, que a lo mejor se ponía de pie encima de un velador y soltaba un discurso, una charla sobre las tres carabelas. Chicote, el Café Gijón, Pasapoga y el Fontalba debían ser unos sitios donde todo el mundo se conocía, el ministro sacaba a bailar a Virginia de Matos o a Juanita Reina, mientras Adriano del Valle le recitaba un romance histórico a Aurora Bautista, que había salido esa noche vestida de doña Juana la Loca, y González Marín escupía sangre tras haber exhumado El Piyayo, en tanto que el maestro Muñoz Román le pasaba su estilográfica, convertida en batuta, a Ataúlfo Argenta, que se iba con González Marín a escupir sangre al rincón de los tuberculosos, y venía Enrique Herreros y les hacía a todos unas caricaturas muy divertidas para *La Codorniz*, metiendo de por medio un paleto con boina, en el que debíamos estar representados, quizá, todos nosotros, la España rural y provinciana que aún no había aprendido a coger una copa con naturalidad en un cóctel. He tardado muchos años en aprender a coger una copa con naturalidad, escribiría luego un poeta español.

Madrid era la gran apoteosis nacional donde se gestaban los discursos de Girón, los artículos de González-Ruano, las frases agudas de don Jacinto Benavente, el surrealismo de José Caballero, las picardías de Virginia de Matos, los extraordinarios del *ABC*, los madrileñismos de Carrete, Díaz-Cañabate, Serrano-Anguita y la Sociedad Económica Matritense, los piropos del Marqués de la Valdavia y los toros afeitados de Manuel Rodríguez, Manolete. Había que tomar Madrid.

Sí, había que tomar Madrid por segunda vez. Después de que lo habían tomado las tropas nacionales, teníamos que irlo tomando, uno a uno, todos los españoles de provincias, en escapadas anuales, cuando el viaje de bodas, en seguimiento del equipo de fútbol local o ganando unas oposiciones. En provincias, cuando un muchacho tenía inquietudes, aspiraciones, en seguida empezaba a pensar en irse a Madrid.

Si se trataba de un niño-vestido-de-blanco, no había problemas para él. Decía que quería irse a Madrid a estudiar y en seguida le ponía la familia en una pensión o en un colegio mayor. Por entonces nacían unos colegios mayores muy suntuosos adonde iba a dar conferencias don Pedro Mourlane Michelena, el que había lanzado aquella frase de qué país, Miquelarena. Jacinto Miquelarena, periodista de posibles, moriría luego en París, bajo las ruedas del Metro, lejos de su Madrid, de su país, y su muerte fue como un devolverle la frasecita a don Pedro. Qué país, Miquelarena, pudo haber sido el responso del escritor vasco al otro escritor.

Había periodistas que se reunían en las tabernas de la calle de Larra y en el café Comercial, de la glorieta de Bilbao. Había otros periodistas que se reunían en el patio de la cárcel, a la hora del paseo. En Madrid se podía tomar el aperitivo con un ministro, almorzar con un escritor y una marquesa, hacer tertulia de sobremesa, café, copa y puro, con unas glorias nacionales de la escena, asistir a media tarde a un cóctel o una inauguración, con gentes muy importantes y enteradas. Don Eugenio D'Ors había dicho aquello de que en Madrid, a las ocho de la tarde, o das una conferencia o te la dan. Porque todos los madrileños, efectivamente, se habían lanzado a darse conferencias unos a otros, con una locuacidad un poco alarmante. Eran conferencias sobre Rodrigo de Triana, los vitrales de la catedral de Burgos, las rutas del románico y cosas así.

En la provincia había siempre una señorita con inquietudes, o con un embarazo de tres meses, que se iba definitivamente a Madrid a vivir su vida. Entonces, todavía no se usaba el verbo *realizarse*, y las señoritas no se realizaban nada, pero vivían su vida o la de un señor de Bilbao. Todas las señoritas de provincias que habían emigrado a Madrid andaban por la Gran Vía arriba y abajo, paseando su embarazo o su descoco o sus aspiraciones o su necesidad de realizarse, que aún no tenía nombre, es decir, verbo. La juventud masculina emigraba a Madrid para abrirse camino, hacer oposiciones, traficar en tabaco rubio, preparar cócteles en las embajadas, escribir artículos, despachar en Galerías Preciados, dar el timo de la estampita, jugar a la lotería, vender corbatas, enchularse con una vicetiple o con su madre, ingresar en Hacienda, ingresar en Carabanchel o darse de alta en la homosexualidad. La juventud femenina emigraba a Madrid casi para las mismas cosas, y también, a veces, para abortar, trabajar de enfermera, casarse con un americano, enseñar las piernas en una compañía de revistas, presidir mesas de la Cruz Roja, manejar papeles en Sección Femenina, visitar al Cristo de Medinaceli, posar para la portada de *Semana*, serie Bellezas Españolas, ser la querida de un futbolista del Madrid, estudiar Filosofía y Letras, fumar en los cafés, cosa que estaba tan mal vista en la provincia, ganar un premio literario, besarse en Sésamo con un cadete o dejarse convidar a paella en Riscal.

La gente de provincias con más inquietudes, con más larga distancia, los seres más heideggerianamente volcados a la lejanía, soñaban con Barcelona, en lugar de Madrid, pero Barcelona era como otro mundo, la salida al mar, los marineros sifilíticos en las Ramblas, el extranjero. Luego se empezó a pensar en Venezuela, y más adelante en Alemania. Pero, durante bastantes años, el vuelo corto de las aves del corral patrio sólo llegaba hasta Madrid. Madrid era fascinante en el Nodo, los periódicos y los chismes del señor que viajaba. Las provincias estaban aburridísimas y el centralismo nacional había hecho que todo parase en Madrid. Naturalmente, los provincianos de nacimiento, los que sólo querían casarse y poner una droguería, se quedaron para siempre en la provincia, pero hubo muchos adolescentes ambiciosos, viajeros, visionarios, que soñaban con Madrid, otra vida, otras costumbres, otra libertad. Había que participar en el gran sarao nacional, en el cóctel político-literario-artístico-cinematográfico-erótico-musical. No queríamos quedarnos al margen.

Madrid era un chotis bailado por Agustín Lara y Conchita Cintrón en la imaginación de provincias. Eso no había que perdérselo. Por entonces no se hablaba de centralismo tanto como se ha hablado después. El centralismo se vivía devotamente, fervientemente. Los niños de derechas fuimos unas generaciones centralistas que nos orientábamos naturalmente hacia Madrid, girasoles geopolíticos y opositores a nada concreto. Madrid, panal de rica miel, nos aglutinó y aquí estamos. En nuestra memoria de exniños sigue sonando, organillo triste de posguerra, la fascinación pobre, nacionalista y cachonda de una vida mejor, que era la vida de Madrid.

AUSTRAL